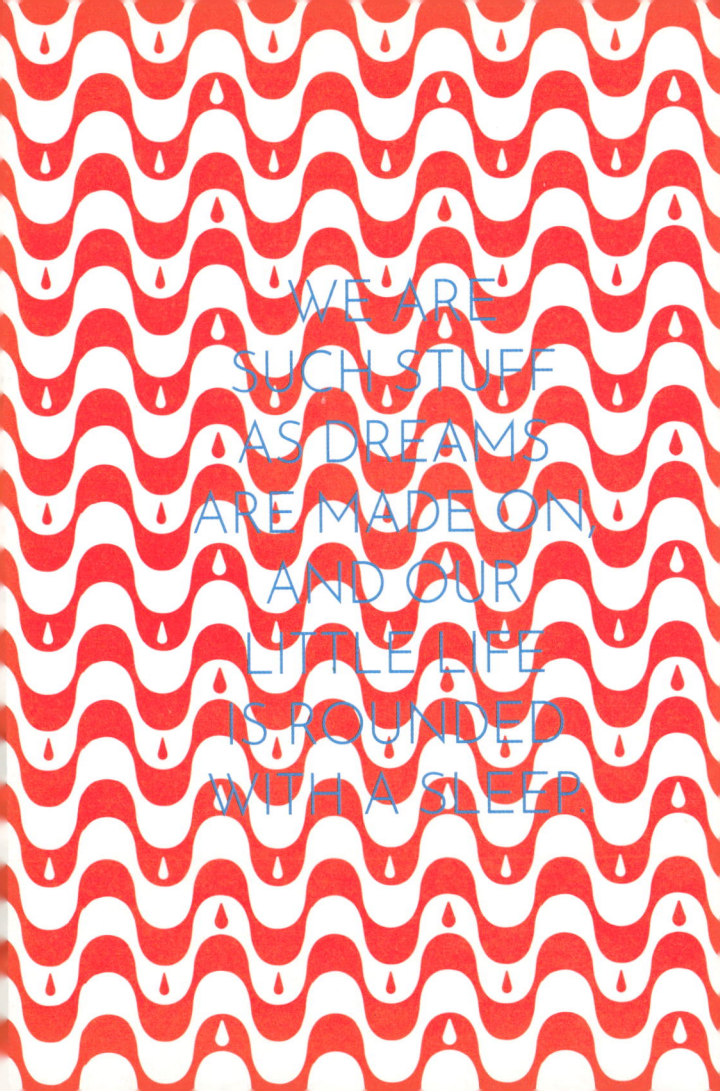

"我们的短暂的一生,
 前后都环绕在酣睡之中。"

[英] 威廉·莎士比亚 / 著
朱生豪 / 译

暴风雨

海南出版社
·海口·

图书在版编目（CIP）数据

暴风雨 / (英) 威廉·莎士比亚著；朱生豪译.
海口：海南出版社，2025.3.--（未读经典）.
ISBN 978-7-5730-2353-7

Ⅰ.I561.33
中国国家版本馆CIP数据核字第2025C3D218号

暴风雨
BAOFENGYU

[英] 威廉·莎士比亚　著　　朱生豪　译

责任编辑：	欧大伟	
执行编辑：	戴慧汝	
封面设计：	APT	
出版发行：	海南出版社	
地　　址：	海南省海口市金盘开发区建设三横路2号	
邮　　编：	570216	
电　　话：	(0898)66822026	
印　　刷：	大厂回族自治县德诚印务有限公司	
版　　次：	2025年3月第1版	
印　　次：	2025年3月第1次印刷	
开　　本：	880 mm × 1230 mm　　1/64	
印　　张：	2.5	
字　　数：	71千字	
书　　号：	ISBN 978-7-5730-2353-7	
定　　价：	25.00元	

关注未读好书

未读CLUB
会员服务平台

本书若有质量问题，请致电(010)52345752。

未经许可，不得以任何方式
复制或抄袭本书部分或全部内容
版权所有，侵权必究

剧 中 人 物

阿隆佐 ◊ 那不勒斯王

西巴斯辛 ◊ 阿隆佐之弟

普洛斯彼罗 ◊ 旧米兰公爵

安东尼奥 ◊ 普洛斯彼罗之弟,篡位者

腓迪南 ◊ 那不勒斯王子

贡柴罗 ◊ 正直的老大臣

阿德里安 | 侍臣
弗兰西斯科 |

凯列班 ◊ 野性而畸形的奴隶

特林鸠罗 ◊ 弄臣

斯丹法诺 ◊ 酗酒的膳夫

船长

水手长

众水手

米兰达 ◇ 普洛斯彼罗之女

爱丽儿 ◇ 缥缈的精灵

伊里斯 ｜ 由精灵们扮演

刻瑞斯

朱 诺

众水仙女

众刈禾人

其他侍候普洛斯彼罗的精灵们

地　点

海船上；岛上

第一幕

ACT I

HELL IS EMPTY,
AND ALL THE DEVILS ARE
HERE.

地狱开了门,
所有的**魔鬼**都出来了!

书名　　　　　　　　作者

我的评分　　　　　　阅读日期
★ ★ ★ ★ ★

最爱金句

我的书评

U N R E A D

画下本书封面吧！

from 未讀 → to 已读

扫码或搜索关注小红书
@未读Unread 查看活动详情

使用说明：
沿虚线裁开本卡片，即可获得1张读书笔记小卡。填写并收集本卡片，在小红书发笔记可兑换 未讀 独家文创。 卡片数量越多， 文创越是重磅。

注「未读」， 未读之书， 未经之旅。一个不甘于平庸， 富有探索与创新精神的综合文化品牌，为读者提供有趣、 实用、 涨知识的新鲜阅读。

本活动最终解释归「未读」所有

第 一 场

在海中的一只船上。暴风雨和雷电

船长及水手长上

  船长 老大!

  水手长 有,船长。什么事?

  船长 好,对水手们说:出力,手脚麻利点儿,否则我们要触礁啦。出力,出力!

下

众水手上

  水手长 喂,弟兄们!出力,出力,弟兄们!赶快,赶快!把中桅帆收起!留心着船长的哨子。——尽你吹着多么大的风，只要船儿掉得转头，就让你去吹吧！

阿隆佐、西巴斯辛、安东尼奥、
腓迪南、贡柴罗及余人等上

阿隆佐　　好水手长，小心哪。船长在哪里？放出勇气来！

水手长　　我劳驾你们，请到下面去。

安东尼奥　老大，船长在哪里？

水手长　　你没听见他吗？你们妨碍了我们的工作。好好地待在舱里吧，你们简直是跟风浪一起来和我们作对。

贡柴罗　　哎，大哥，别发脾气呀！

水手长　　你叫这个海不要发脾气吧。走开！这些波涛哪里管得了什么国王不国王？到舱里去，安静些！别给我们添麻烦。

贡柴罗　　好，但是请记住这船上载的是什么人。

水手长　　随便什么人我都不放在心上，我只管我自个儿。你是个堂堂枢密大臣，要是你有本事命令风浪静下来，叫眼前大

4

家都平安，那么我们愿意从此不再干这拉帆收缆的营生了。把你的威权用出来吧！要是你不能，那么还是谢谢天老爷让你活得这么长久，赶快钻进你的舱里去，等待着万一会来的噩运吧！——出力啊，好弟兄们！——快给我走开！

下

贡柴罗　这家伙给我很大的安慰。我觉得他脸上一点没有命该淹死的记号，他的相貌活是一副要上绞架的神气。慈悲的命运之神啊，不要放过了他的绞刑啊！让绞死他的绳索作为我们的锚缆，因为我们的锚缆全然抵不住风暴！如果他不是命该绞死的，那么我们就倒霉了！

与众人同下

水手长重上

水手长　把中桅放下来！赶快！再低些，再低些！

把大桅横帆张起来试试看。[内呼声] 遭瘟的,喊得这么响!连风暴的声音和我们的号令都被压得听不见了——

西巴斯辛、安东尼奥、贡柴罗重上

水手长　又来了?你们到这儿来干什么?我们大家放了手,一起淹死好不好?你们想要淹死是不是?

西巴斯辛　愿你喉咙里长起个痘疮来吧,你这大喊大叫、出口伤人、没有心肝的狗东西!

水手长　那么你来干一下,好不好?

安东尼奥　该死的贱狗!你这下流的、骄横的、喧哗的东西,我们才不像你那样害怕淹死哩!

贡柴罗　我担保他一定不会淹死,虽然这船不比果壳更坚牢,水漏得像一个狂浪的娘儿们一样。

水手长　紧紧靠着风行驶!扯起两面大帆来!把船向海洋开出去,避开陆地。

众水手浑身淋湿上

众水手　完了！完了！求求上天吧！求求上天吧！什么都完了！

　　　　　　　　　　　　　　　　　　　　　下

水手长　怎么，我们非淹死不可吗？

贡柴罗　王上和王子在那里祈祷了。让我们跟他们一起祈祷吧，大家的情形都一样。

西巴斯辛　我真按捺不住我的怒火。

安东尼奥　我们的生命全然被醉汉们在捉弄着——这个大嘴巴的恶徒！但愿你倘使淹死的话，十次的波涛冲打你的尸体[①]！

贡柴罗　他总要被绞死的，即使每一滴水都发誓不同意，要声势汹汹地把他一口吞下去。[幕内嘈杂的呼声：——"可怜我们吧！"——"我们遭难了！我们遭难了！"——"再会吧，我的妻子！我的孩儿！"——"再会吧，兄弟！"——"我们遭难了！我们遭难了！我们遭难了！"——]

安东尼奥　　让我们大家跟王上一起沉没吧!

　　　　　　　　　　　　　　　　　　　　下

西巴斯辛　　让我们去和他作别一下。

　　　　　　　　　　　　　　　　　　　　下

贡柴罗　　现在我真愿意用千顷的海水来换得一亩荒地；草莽荆棘，什么都好。照上天的旨意行事吧！但是我倒宁愿死在陆地上。

　　　　　　　　　　　　　　　　　　　　下

第 二 场

岛上。普洛斯彼罗所居洞室之前

普洛斯彼罗及米兰达上

米兰达　亲爱的父亲，假如你曾经用你的法术使狂暴的海水兴起这场风浪，请你使它平息了吧！天空似乎要倒下发臭的沥青来，但海水腾涌到天的脸上，把火焰浇熄了。唉！我瞧着那些受难的人，我也和他们同样受难：这样一只壮丽的船，里面一定载着好些尊贵的人，一下子便撞得粉碎！啊，那呼号的声音一直打进我的心坎。可怜的人们,他们死了!要是我是一个有权力的神,我一定要叫海沉进地中,不让它把这只好船和它所载着的人们一起这样吞没了。

普洛斯彼罗　安静些,不要惊骇!告诉你那仁慈的心,一点灾祸都不会发生。

米兰达　唉,不幸的日子!

普洛斯彼罗　不要紧的。凡我所做的事,无非是为你打算,我的宝贝!我的女儿!你不知道你是什么人,也不知道我从什么地方来:你也不会想到我是一个比普洛斯彼罗——一所十分寒碜的洞窟的主人,你的微贱的父亲——更出色的人物。

米兰达　我从来不曾想到要知道得更多一些。

普洛斯彼罗　现在是我该更详细地告诉你一些事情的时候了。帮我把我的法衣脱去。好,[放下法衣] 躺在那里吧,我的法术!——揩干你的眼睛,安心吧!这

　　　　　　　场凄惨的沉舟的景象，使你的同情心如此激动，我曾经借着我的法术的力量非常妥善地预先安排好：你听见他们呼号，看见他们沉没，但这船里没有一个人会送命，即使随便什么人的一根头发也不会损失。坐下来，你必须知道得更详细一些。

米兰达　　你总是刚要开始告诉我我是什么人，便突然住了口，对于我徒然探问的回答，只是一句"且慢，时机还没有到。"

普洛斯彼罗　现在时机已经到了，就在这一分钟它要叫你撑开你的耳朵。乖乖地听着吧。你能不能记得在我们来到这里之前的时候？我想你不会记得，因为那时你还不过三岁。

米兰达　　我当然记得，父亲。

普洛斯彼罗　你怎么会记得？什么房屋？或是什么人？把留在你脑中的随便什么印象告诉我吧。

米兰达　　那是很遥远的事了，它不像是记忆所证明的事实，倒更像是一个梦。不是曾经有四五个妇人服侍过我吗？

普洛斯彼罗　是的，而且不止此数呢，米兰达，但是这怎么会留在你的脑中呢？你在过去时光的幽暗深渊里，还看不看得见其余的影子？要是你记得在你来这里以前的情形，也许你也能记得你为何会到这里来。

米兰达　　但是我不记得了。

普洛斯彼罗　十二年之前，米兰达，十二年之前，你的父亲是米兰的公爵，并且是一个有权有势的国君。

米兰达　　父亲，你不是我的父亲吗？

普洛斯彼罗　你的母亲是一位贤德的妇人，她说你是我的女儿；你的父亲是米兰的公爵，他唯一的嗣息就是你，一位堂堂的郡主。

米兰达　　天啊！我们是遭到了什么样的奸谋才离开那里的呢？还是那算是幸事一桩？

普洛斯彼罗 都是,都是,我的孩儿。如你所说的,因为遭到了奸谋,我们才离开了那里,因为幸运,我们才漂流到此。

米兰达 唉!想到我给你的种种劳心焦虑,真使我心里难过得很,只是我记不得了——请再讲下去吧。

普洛斯彼罗 我的弟弟,就是你的叔父,名叫安东尼奥。听好,世上真有这样奸恶的兄弟!除了你之外,他就是我在世上最爱的人了;我把国事都托付他管理。那时候米兰在列邦中称雄,普洛斯彼罗也是最出名的公爵,威名远播,在学问艺术上更是一时无双。我因为专心研究,便把政治放到我弟弟的肩上,对于自己的国事不闻不问,只管沉溺在魔法的研究中。你那坏心肠的叔父——你在不在听我说?

米兰达 我在聚精会神地听着,父亲。

普洛斯彼罗 学会了怎样接受或驳斥臣民的诉愿,谁应当拔擢，谁因为升迁太快而应当贬抑，把我手下的人重新封叙，迁调的迁调，改用的改用；大权在握，使国中所有的人心都要听从他的喜恶。他简直成为一株常春藤，掩蔽了我参天的巨干，而吸收去我的精华。——你不在听吗？

米兰达 啊，好父亲！我在听着。

普洛斯彼罗 听好。我这样遗弃了俗务，在幽居生活中修养我的德性；除了生活过于孤寂之外，我这门学问真可说胜过世上所称道的一切事业；谁知这却引起了我那恶弟的毒心。我给予他无限大的信托，正像善良的父母产出刁顽的儿女来一样，得到的酬报只是他同样无限大的欺诈。他这样做了一国之主，不但握有我的岁入的财源，更僭用我的权力从事搜刮。像一个说谎的人自己相信自己的欺骗一样，他俨然以为自己便是一个不折不扣的公爵。处于代理者的位置上,他用一切的威权铺张着外表上的庄严:他的野心于是逐渐旺盛起来——你在不在听我说?

米兰达　你的故事,父亲,能把聋子都治好呢。

普洛斯彼罗　作为代理公爵的他,和他所代理的公爵之间,还横隔着一重屏障,他自然希望撤除这重屏障,使自己成为独揽米兰大权的主人翁。我呢,一个可怜的人,书斋便是我广大的公国,他以为我已没有能力处理政事。因为一心觊觎着大位,他便和那不勒斯王协谋,甘愿每年进贡臣服,把他自己的冠冕俯伏在他人的王冠之前。唉,可怜的米兰!一个从来不曾向别人低首下心过的邦国,这回却遭到了可耻的卑屈!

米兰达　天哪!

普洛斯彼罗　听我告诉你他所缔结的条款,以及此后发生的事情,然后再告诉我那算不算得是一个好兄弟。

米兰达　　　我不敢冒渎我的可敬的祖母,然而美德的娘亲有时却会生出不肖的儿子来。

普洛斯彼罗　现在要说到这条约了。这位那不勒斯王因为跟我有根深蒂固的仇恨,答应了我弟弟的要求,那就是说,以称臣纳贡——我也不知要纳多少贡金——作为交换的条件,他当立刻把我和属于我的人撵出国境,而把大好的米兰和一切荣衔权益,全部赏给我的弟弟。因此在命中注定的某夜,不义之师被召集起来,安东尼奥打开了米兰的国门;在寂静的深宵,阴谋的执行者便把我和哭泣着的你赶走。

米兰达　　　唉,可叹!我已记不起那时我是怎样哭法,但我现在愿意再哭泣一番。这是一件想起来太叫人伤心的事。

普洛斯彼罗　你再听我讲下去,我便要叫你明白眼前这一回事情,否则这故事便是一点不相干的了。

米兰达	为什么那时他们不杀害我们呢?
普洛斯彼罗	问得不错,孩子,谁听了我的故事都会产生这个疑问。亲爱的,他们没有这胆量,因为我的人民十分爱戴我,而且他们也不敢在这事情上留下太重大的污迹;他们希图用比较清白的颜色掩饰去他们的毒心。一句话,他们把我们押上船,驶出了十几英里以外的海面;在那边他们已经预备好一只腐朽的破船,帆篷、缆索、桅樯——什么都没有,就是老鼠一见也会自然而然地退缩开去。他们把我们推到这破船上,听我们向着周围的怒海呼号,望着迎面的狂风悲叹;那同情的风陪着我们发出叹息,却反而增添了我们的危险。
米兰达	唉,那时你是怎样受我的烦累呢!
普洛斯彼罗	啊,你是个小天使,幸亏有你我才不致绝望而死!上天赋予你一种坚忍,当我把热泪向大海挥洒、因心头的怨苦而

呻吟的时候，你却向我微笑，为了这我才生出忍耐的力量，准备抵御一切接踵而来的祸患。

米兰达　　　我们是怎样上岸的呢？

普洛斯彼罗　靠着上天的保佑，我们有一些食物和清水，那是一个那不勒斯的贵人贡柴罗——那时他被任命为参与这件阴谋的使臣——出于善心而给我们的；另外还有一些好衣裳、衬衣、毛织品和各种需用的东西，使我们受惠不少，他又知道我爱好书籍，特意从我的书斋里把那些我看得比一个公国更宝贵的书给我带了来。

米兰达　　　我多么希望能见一见这位好人！

普洛斯彼罗　现在我要起来了。[把法衣重新穿上]静静地坐着，听我讲完我们海上的惨史。后来我们到达了这个岛上，就在这里，我亲自做你的教师，使你得到比别的公主小姐们更丰富的知识，因为她们

|||大部分的时间都花在无聊的事情上,而且她们的师傅也绝不会这样认真。
米兰达|||真感谢你啊!现在请告诉我,父亲,为什么你要兴起这场风浪?因为我的心中仍是惊疑不定。
普洛斯彼罗|||听我说下去,现在由于奇怪的偶然,慈悲的上天眷宠着我,已经把我的仇人们引到这岛岸上来了。我借着预知术料知福星正在临近我命运的顶点,要是现在轻轻放过了这机会,以后我的一生将再没有出头的希望。别再多问啦,你已经倦得都瞌睡了,很好,放心睡吧!我知道你不由自主。[米兰达睡]出来,仆人,出来!我已经预备好了。来啊,我的爱丽儿,来吧!

爱丽儿上

爱丽儿|||万福,尊贵的主人!威严的主人,万福!我来听候你的旨意。无论在空中飞也好,在水里游也好,向火里钻也好,

|||腾云驾雾也好，凡是你有力的吩咐，爱丽儿愿意用全副精神奉行。

普洛斯彼罗　精灵，你有没有完全按照我的命令指挥那场风波？

爱丽儿　桩桩件件都没有忘失。我跃登到国王的船上；我变作一团滚滚的火球，一会儿在船头上，一会儿在船腰上，一会儿在甲板上，一会儿在每一间船舱中，我煽起了恐慌。有时我分身在各处烧起火来，中桅上哪，帆桁上哪，斜桅上哪——都同时燃烧起来；然后我再把一团团火焰合拢来，即使是天神的闪电，那可怕的震雷的先驱者，也没有这样迅速而炫人眼目；硫磺的火光和轰炸声似乎在围攻那威风凛凛的海神，使他的怒涛不禁颤抖，使他手里可怕的三叉戟不禁摇晃。

普洛斯彼罗　我的能干的精灵！谁能这样坚定、镇静，在这样的骚乱中不曾惊慌失措呢？

爱丽儿 没有一个人不是发疯似的干着一些不顾死活的勾当。除了水手们之外，所有的人都逃出火光融融的船，跳入泡沫腾涌的海水中。王子腓迪南头发像海草似的乱成一团，第一个跳入水中；他高呼着，"地狱开了门，所有的魔鬼都出来了！"

普洛斯彼罗 啊，那真是我的好精灵！但是这回乱子是不是就在靠近海岸的地方呢？

爱丽儿 就在海岸附近，主人。

普洛斯彼罗 但是他们都没有送命吗，爱丽儿？

爱丽儿 一根头发都没有损失；他们穿在身上的衣服也没有一点斑迹，反而比以前更干净了。照着你的命令，我把他们一队一队地分散在这岛上。国王的儿子我叫他独个儿上岸，把他遗留在岛上一个隐僻的所在，让他悲伤地绞着两臂，坐在那儿望着天空长吁短叹，把空气都吹凉了。

普洛斯彼罗 告诉我你怎样处置国王船上的水手们和其余的船舶？

爱丽儿 国王的船安全地停泊在一个幽静的所在——你曾经某次在半夜里把我从那里叫醒前去采集永远为波涛冲打的百慕大群岛上的露珠——船便藏在那个地方。那些水手在精疲力竭之后，我已经用魔术使他们昏睡过去，现今都躺在舱口底下。其余的船舶我把它们分散之后，已经重又会合，现今在地中海上；他们以为他们看见国王的船已经沉没，国王已经溺死，都失魂落魄地驶回那不勒斯去了。

普洛斯彼罗 爱丽儿，你的差使干得一事不差；但是还有些事情要你做。现在是什么时候了？

爱丽儿 中午已经过去。

普洛斯彼罗 至少已经过去了两个钟头了。从此刻起到六点钟之间的时间，我们两人必须好好利用，不要让它白白地过去。

爱丽儿	还有繁重的工作吗？你既然这样麻烦我，我不得不向你提醒你所答应我却还没有履行的话。
普洛斯彼罗	怎么啦！生起气来了？你要求些什么？
爱丽儿	我的自由。
普洛斯彼罗	在限期未满之前吗？别再说了吧！
爱丽儿	请你想想我曾经为你怎样尽力服务过；我不曾对你撒过一次谎，不曾犯过一次错，侍候你的时候，不曾发过一句怨言；你曾经答应过我缩短一年的期限。
普洛斯彼罗	你忘记了我从怎样的苦难里把你救出来吗？
爱丽儿	不曾。
普洛斯彼罗	你一定忘记了，而以为踏着海底的软泥，穿过凛冽的北风，当寒霜冻结的时候在地下水道中为我奔走，便算是了不得的辛苦了。
爱丽儿	我不曾忘记，主人。
普洛斯彼罗	你说谎，你这坏蛋！那个恶女巫西考拉克

|||斯——她因为年老和心肠恶毒,全身佝偻得都像一个环了——你已经把她忘了吗?你把她忘了吗?

爱丽儿 不曾,主人。

普洛斯彼罗 你一定已经忘了。她是在什么地方出世的?对我说来。

爱丽儿 在阿尔及尔,主人。

普洛斯彼罗 噢!是在阿尔及尔吗?我必须每个月向你复述一次你的来历,因为你一下子便要忘记。这个万恶的女巫西考拉克斯,因为作恶多端,她的妖法没人听见了不害怕,所以被逐出阿尔及尔;他们因为她曾经行过某件好事,因此不曾杀死她。是不是?

爱丽儿 是的,主人。

普洛斯彼罗 这个眼圈发青的妖妇被押到这儿来的时候,正怀着孕;水手们把她丢弃在这座岛上。你,我的奴隶,据你自己说那时是她的仆人,你是个太柔善的精灵，不能奉行她的粗暴的、邪恶的命令，因此违拗了她的意志，她在一阵暴怒中借着她那强有力的妖役的帮助，把你幽禁在一株坼裂的松树中。在那松树的裂缝里你挨过了十二年痛苦的岁月，后来她死了，你便一直留在那儿，像水车轮拍水那样急速地、不断地发出你的呻吟来。那时这岛上除了她生下来的那个儿子——一个浑身斑痣的妖妇贱种之外，就没有一个人类。

爱丽儿　　不错，那是她的儿子凯列班。

普洛斯彼罗　那个凯列班是一个蠢物，现在被我收留着做苦役。你当然知道得十分清楚，那时我发现你处在怎样的苦难中，你的呻吟使得豺狼长嗥，哀鸣刺透了怒熊的心胸。那是一种沦于永劫的苦恼，就是西考拉克斯也没有法子把你解脱；后来我到了这岛上，听见了你的

	呼号，才用我的法术使那株松树张开裂口，把你放了出来。
爱丽儿	我感谢你，主人。
普洛斯彼罗	假如你再要叽里咕噜的话，我要劈开一株橡树，把你钉住在它多节的内心，让你再呻吟十二个冬天。
爱丽儿	饶恕我，主人，我愿意听从命令，好好地执行你的差使。
普洛斯彼罗	好吧，你倘然好好办事，两天之后我就释放你。
爱丽儿	那真是我的好主人！你要吩咐我做什么事？告诉我你要我做什么事？
普洛斯彼罗	去把你自己变成一个海中的仙女，除了我之外不要让别人的眼睛看见你。去，装扮好了再来。去吧，用心一点！

爱丽儿下

醒来；心肝，醒来！你睡得这么熟；醒来吧！

| 米兰达 | [醒]你的奇异的故事使我昏沉睡去。 |

普洛斯彼罗　　清醒一下。来,我们要去见见我的奴隶凯列班,他是从来不曾有过一句好话回答我们的。

米兰达　　那是一个恶人,父亲,我不高兴看见他。

普洛斯彼罗　　虽然这样说,我们也缺不了他:他给我们生火,给我们捡柴,也为我们做有用的工作。——喂,奴才!凯列班!你这泥块!哑了吗?

凯列班　　〔在内〕里面木头已经足够了。

普洛斯彼罗　　跑出来,对你说,还有事情要你做呢。出来,你这乌龟!还不来吗?

爱丽儿重上,作水中仙女的形状

普洛斯彼罗　　出色的精灵!我伶俐的爱丽儿,过来我对你讲话。〔耳语〕

爱丽儿　　主人,一切依照你的吩咐。

下

普洛斯彼罗　　你这恶毒的奴才,魔鬼和你那万恶的老娘合生下来的,给我滚出来吧!

凯列班上

凯列班　　但愿我那老娘用乌鸦毛从不洁的沼泽上刮下来的毒露一齐倒在你们两人身上！但愿一阵西南的恶风把你们吹得浑身都起水疱！

普洛斯彼罗　　记住吧，为着你的出言不逊，今夜要叫你抽筋，叫你的腰像有针在刺，使你喘得透不过气来，所有的刺猬将在漫漫的长夜里折磨你，你将要被刺得遍身像蜜蜂窠一般，每刺一下都要比蜂刺难受得多。

凯列班　　我必须吃饭。这岛是我老娘西考拉克斯传给我而被你夺了去。你刚来的时候，抚拍我，待我好，给我有浆果的水喝，教给我白天亮着的大的光叫什么名字，晚上亮着的小的光叫什么名字，因此我以为你是个好人，把这岛上一切的富源都指点给你知道，什么地方是清泉，盐井，什么地方是荒地和肥田。我真该死让你知道这一切！

	但愿西考拉克斯一切的符咒、癞蛤蟆、甲虫、蝙蝠,都咒在你身上!本来我可以自称为王,现在却要做你的唯一的奴仆,你把我禁锢在这堆岩石的中间,而把整个岛给你自己受用。
普洛斯彼罗	满嘴扯谎的贱奴!好心肠不能使你感恩,只有鞭打才能教训你!虽然你这样下流,我也曾用心好好对待你,让你住在我自己的洞里,谁叫你胆敢想要破坏我孩子的贞操!
凯列班	啊哈哈哈!要是那时上了手才真好!你倘然不曾妨碍我的事,我早已使这岛上住满大大小小的凯列班了。
普洛斯彼罗	可恶的贱奴,不学一点好,坏的事情样样都来得!我因为看你的样子可怜,才辛辛苦苦地教你讲话,每时每刻教导你这样那样。那时你这野鬼连自己说的什么也不懂,只会像一只野东西一样咕噜咕噜;我教你怎样用说话

|||来表达你的意思，但是像你这种下流胚，即使受了教化，天性中的顽劣仍是改不过来，因此你才活该被禁锢在这堆岩石的中间；其实单单把你囚禁起来也还是宽待了你。

凯列班　你教我讲话，我从这上面得到的益处只是知道怎样骂人；但愿血瘟病瘟死了你，因为你要教我说你的那种话！

普洛斯彼罗　妖妇的贱种，滚开去！去把柴搬进来。懂事的话，赶快些，因为还有别的事要你做。你在耸肩吗，恶鬼？要是你不好好做我吩咐你做的事，或是心中不情愿，我要叫你浑身抽搐，叫你每个骨节里都痛起来，叫你在地上打滚咆哮，连野兽听见你的呼号都会吓得发抖。

凯列班　啊不要，我求求你！［旁白］我不得不服从，因为他的法术有很大的力量，就是我老娘所礼拜的神明塞提柏斯也得听他指挥，做他的仆人。

普洛斯彼罗　　贱奴，去吧！

凯列班下

爱丽儿隐形重上，弹琴唱歌；

腓迪南随后

爱丽儿　　[唱]

　　来吧，来到黄沙的海滨，

　　把手儿牵得牢牢，

　　深深地展拜细吻轻轻，

　　叫海水莫起波涛——

　　柔舞翩翩在水面飘扬；

　　可爱的精灵，伴我歌唱。

　　听！听！[和声]

　　汪！汪！汪！[散乱地]

　　看门狗儿的狺狺，[和声]

　　汪！汪！汪！[散乱地]

　　听！听！我听见雄鸡

　　昂起了颈儿长啼，[啼声]

　　喔喔喔！

腓迪南　这音乐是从什么地方来的呢?在天上,还是在地上?现在已经静止了。一定的,它是为这岛上的神灵而弹唱的。当我正坐在海滨,思念我惨死的父王而重又痛哭起来的时候,这音乐便从水面掠了过来,飘到我的身旁,它甜柔的乐曲平静了海水的怒涛,也安定了我激荡的感情;因此我跟随着它,或者不如说是它吸引了我,——但它现在已经静止了,啊,又唱起来了。

爱丽儿　[唱]

　　五英寻的水深处躺着你的父亲,

　　他的骨骼已化成珊瑚,

　　他眼睛是耀眼的明珠;

　　他消失的全身没有一处不曾

　　受到海水神奇的变幻,

　　化成瑰宝,富丽而珍怪。

　　海的女神时时摇起他的丧钟,[和声]

　　叮!咚!

>   听！我现在听到了叮咚的丧钟。

腓迪南 这支歌在纪念我的溺毙的父亲。这一定不是凡间的音乐，也不是地上来的声音。我现在听出来它是在我的头上。

普洛斯彼罗 抬起你那被睫毛深掩的眼睛来，看一看那边有什么东西。

米兰达 那是什么？一个精灵吗？啊上帝，它是怎样向着四周瞭望啊！相信我的话，父亲，它生得这样美！但那一定是一个精灵。

普洛斯彼罗 不是，女儿，他会吃也会睡，和我们一样有各种知觉。你所看见的这个年轻汉子就是遭到船难的一人；要不是因为忧伤损害了他的美貌——美貌最怕忧伤来损害——你确实可以称他为一个美男子。他因为失去了他的同伴，正在四处徘徊着寻找他们呢。

米兰达 我简直要说他是个神；因为我从来不曾见过宇宙中有这样出色的人物。

普洛斯彼罗　［旁白］哈！有几分意思了；这正是我心中所愿望的。好精灵！为了你这次功劳，我要在两天之内恢复你的自由。

腓迪南　再不用疑惑，这一定是这些乐曲所奏奉的女神了！——请你俯允我的祈求，告诉我你是否属于这个岛上，指点我怎样在这里安身；我的最后的最大的一个请求是你——神奇啊！请你告诉我你是不是一位处女？

米兰达　并没什么神奇，先生；不过我确实是一个处女。

腓迪南　天啊！她说着和我同样的言语！唉！要是我在我的本国，在说这种言语的人们中间，我要算是最尊贵的人。

普洛斯彼罗　什么！最尊贵的？假如给那不勒斯的国王听见了，他将怎么说呢？请问你将成为何等样的人？

腓迪南　我是一个孤独的人，如同你现在所看见的，但听你说起那不勒斯，我感到惊

|||异。我的话,那不勒斯的国王已经听见了;就因为给他听见了[②],我才要哭;因为我正是那不勒斯的国王,亲眼看见我的父亲随船覆溺;我的眼泪到现在还不曾干过。

米兰达　　　唉,可怜!

腓迪南　　　是的,溺死的还有他的一切大臣,其中有两人是米兰的公爵和他的卓越的儿子。

普洛斯彼罗　［旁白］假如现在是适当的时机,米兰的公爵和他的更卓越女儿就可以把你驳倒了。才第一次见面他们便已在眉目传情了。可爱的爱丽儿!为着这我要使你自由。［向腓迪南］且慢,老兄,我觉得你有些转错了念头!我有话跟你说。

米兰达　　　［旁白］为什么我的父亲说得这样暴戾?这是我一生中所见到的第三个人;而且是第一个我为他叹息的人。但愿怜悯激动我父亲的心,使他也和我抱同样的感觉才好!

腓迪南　　［旁白］啊!假如你是个还没有爱上别人的闺女,我愿意立你做那不勒斯的王后。

普洛斯彼罗　且慢,老兄,有话跟你讲。［旁白］他们已经彼此情丝互缚了,但是这样顺利的事儿我需要给他们一点障碍,因为恐怕太不费力的获得会使人看不起他追求的对象。［向腓迪南］一句话,我命令你用心听好。你在这里僭窃着不属于你的名号,到这岛上来做密探,想要从我——这海岛的主人——手里盗取海岛,是不是?

腓迪南　　凭着堂堂男子的名义,我否认。

米兰达　　这样一座殿堂里是不会容留邪恶的;要是邪恶的精神占有这么美好的一所宅屋,善良的美德也必定会努力住进去的。

普洛斯彼罗　［向腓迪南］跟我来。［向米兰达］不许帮他说话;他是个奸细。［向腓迪南］来,

	我要把你的头颈和脚用枷锁拴在一起；给你喝海水，把淡水河中的贝蛤、干枯的树根和橡果的皮壳给你做食物。跟我来。
腓迪南	不，我要抗拒这样的待遇，除非我的敌人有更大的威力。[拔剑，但为魔法所制不能动]
米兰达	亲爱的父亲啊！不要太折磨他，因为他很和蔼，并不可怕。
普洛斯彼罗	什么！小孩子倒管教起老人家来了不成？——放下你的剑，奸细！你只会装腔作势，但是不敢动手，因为你的心中充满了罪恶。来，不要再装出那副斗剑的架势了，因为我能用这根杖的力量叫你的武器落地。
米兰达	我请求你，父亲！
普洛斯彼罗	走开，不要拉住我的衣服！
米兰达	父亲，发发慈悲吧！我愿意做他的保人。
普洛斯彼罗	不许说话！再多嘴，我不恨你也要骂你

了。什么！帮一个骗子说话吗？嘘！你以为世上没有和他一样的人，因为你除了他和凯列班之外不曾见过别的人；傻丫头！和大部分人比较起来，他不过是个凯列班，他们都是天使哩！

米兰达　　　真是这样的话，我的爱情的愿望是极其卑微的；我并不想看见一个更美好的人。

普洛斯彼罗　［腓迪南］来，来，服从吧；你已经软弱得完全像一个小孩子一样，一点力气都没有了。

腓迪南　　　正是这样，我的精神好像在梦里似的，全然被束缚住了。我的父亲的死亡、我自己所感觉到的软弱无力、我的一切朋友们的丧失，以及这个将我屈服的人对我的恫吓，对于我全然不算什么，只要我能在我的囚牢中每天一次看见这位女郎。这地球的每个角落让自由的人们去受用吧，我在这样一个

	牢狱中已经觉得很宽广了。
普洛斯彼罗	［旁白］事情进行得很顺利。［向腓迪南］走来！——你干得很好，好爱丽儿！［向腓迪南］跟我来！［向爱丽儿］听我吩咐你此外应该做的工作。
米兰达	宽心吧，先生！我父亲的性格不像他说的话那样坏，他向来不是这样的。
普洛斯彼罗	你将像山上的风一样自由，但你必须先执行我所吩咐你的一切。
爱丽儿	一个字都不会弄错。
普洛斯彼罗	［向腓迪南］来，跟着我。［向米兰达］不要为他说情。

同下

第二幕

ACT II

NO HOPE THAT WAY IS
ANOTHER WAY SO HIGH
A HOPE THAT EVEN
AMBITION CANNOT PIERCE
A WINK BEYOND.

从那方面说是没有希望,
反过来说却正是最大不过的希望,
野心所能企及而无可再进的极点。

第 一 场

岛上的另一处

阿隆佐、西巴斯辛、安东尼奥、

贡柴罗、阿德里安、弗兰西斯科

及余人等上

贡柴罗 大王,请不要悲伤了吧!您跟我们大家都有应该高兴的理由;因为把我们的脱险和我们的损失较量起来,我们是十分幸运的。我们所逢的不幸是极平常的事,每天都有一些航海者的妻子、商船的主人和托运货物的商人,遭到和我们相同的逆运，但是像我们这次安然无恙的奇迹，却是一百万个人中间也难得有一个人碰到过的。所以，陛下，请您平心静气地把我们的一悲一喜称量一下吧。

阿隆佐 请你不要讲话。

西巴斯辛 他厌弃安慰好像厌弃一碗冷粥一样。

安东尼奥 可是那位善心的人却不肯就此甘休。

西巴斯辛 瞧吧，他在旋转着他那嘴巴里的发条，不久他那口钟又要敲起来啦。

贡柴罗 大王——

西巴斯辛 钟鸣一下：数好。

贡柴罗 人如果把每一种临到他身上的忧愁都容纳进他的心里，那他可就大大的——

西巴斯辛 大大的有赏。

贡柴罗 大大地把身子伤了；可不，你讲的比你想的更有道理些。

西巴斯辛 想不到你一接口，我的话也就聪明起来了。

贡柴罗	所以，大王——
安东尼奥	咄！他多么浪费他的唇舌！
阿隆佐	请你把你的言语节省点儿吧。
贡柴罗	好，我已经说完了；不过——
西巴斯辛	他还要讲下去。
安东尼奥	我们来打赌一下，他跟阿德里安两个人，这回谁先开口？
西巴斯辛	那只老公鸡。
安东尼奥	我说是那只小鸡儿。
西巴斯辛	好，赌些什么？
安东尼奥	输者大笑三声。
西巴斯辛	算数。
阿德里安	虽然这岛上似乎很荒凉——
西巴斯辛	哈！哈！哈！你赢了。
阿德里安	不能居住，而且差不多无路可通——
西巴斯辛	然而——
阿德里安	然而——
安东尼奥	这两个字是他缺少不了的得意之笔。
阿德里安	然而气候一定是很美好、很温和、很可

	爱的。
安东尼奥	气候是一个可爱的姑娘。
西巴斯辛	而且很温和哩,照他那样文质彬彬的说法。
阿德里安	吹气如兰的香风飘拂到我们的脸上。
西巴斯辛	仿佛风也有呼吸器官,而且是腐烂的呼吸器官。
安东尼奥	或者说仿佛沼泽地会散发出香气,熏得风都变香了。
贡柴罗	这里具有一切对人生有益的条件。
安东尼奥	不错,除了生活的必需品之外。
西巴斯辛	那简直是没有,或者非常少。
贡柴罗	草儿望上去多么茂盛而蓬勃!多么青葱!
安东尼奥	地面实在只是一片黄土色。
西巴斯辛	加上一点点的绿。
安东尼奥	他的话说得不算十分错。
西巴斯辛	错是不算十分错,只不过完全不对而已。
贡柴罗	但最奇怪的是,那简直叫人不敢相信——
西巴斯辛	无论是谁夸张起来总是这么说。

贡柴罗　　我们的衣服在水里浸过之后，却是照旧干净而有光彩；不但不因咸水而褪色，反而像是新染过的一样。

安东尼奥　　假如他有一个衣袋会说话，它会不会说他撒谎呢？

西巴斯辛　　嗯，但也许会很不老实地把他的谣言包得好好的。

贡柴罗　　克拉莉贝尔公主跟突尼斯王大婚的时候，我们在非洲第一次穿上这身衣服；我觉得它们现在就和那时一样新。

西巴斯辛　　那真是一桩美满的婚姻，我们的归航也顺利得很呢。

阿德里安　　突尼斯从来没有娶过这样一位绝世的王后。

贡柴罗　　狄多寡妇③之后，他们的确不曾有过这样一位王后。

安东尼奥　　寡妇！该死！怎样掺进一个寡妇来了呢？狄多寡妇，嘿！

西巴斯辛　　也许他还要说出鳏夫埃涅阿斯来了呢。

|||大王，您能够容忍他这样胡说八道吗？

阿德里安　你说狄多寡妇吗？照我考查起来，她是迦太基的，不是突尼斯的。

贡柴罗　这个突尼斯，足下，就是迦太基。

阿德里安　迦太基？

贡柴罗　确实告诉你，它便是迦太基。

安东尼奥　他的说话简直比神话中所说的竖琴④还神奇。

西巴斯辛　居然把城墙跟房子一起搬了地方啦。

安东尼奥　他还要行些什么不可能的奇迹呢？

西巴斯辛　我想他也许要想把这个岛装在口袋里，带回家去赏给他的儿子，就像赏给他一个苹果一样。

安东尼奥　再把这苹果核种在海里，于是又有许多岛长起来啦。

贡柴罗　呃？

安东尼奥　呃，不消多少时候。

贡柴罗　[向阿隆佐]大人，我们刚才说的是我们现

48

|||在穿着的衣服新得跟我们在突尼斯参加公主的婚礼时一样；公主现在已经是一位王后了。

安东尼奥　而且是那里从来不曾有过的第一位出色的王后。

西巴斯辛　除了狄多寡妇之外，我得请你记住。

安东尼奥　啊！狄多寡妇；对了，还有狄多寡妇。

贡柴罗　我的紧身衣，大人，不是跟第一天穿上去的时候一样新吗？我的意思是说有几分差不多新。

安东尼奥　那"几分"你补充得很周到。

贡柴罗　不是吗，当我在公主大婚时穿着它的时候？

阿隆佐　你唠唠叨叨地把这种话塞进我的耳朵里，把我的胃口都倒尽了。我真希望我不曾把女儿嫁到那里！因为从那边动身回来，我的儿子便失去了；在我的感觉中，她也同样已经失去，因为她离意大利这么远，我将永远不能再见她一面。唉，我的儿子，那不勒斯和米兰的储君！你葬身在哪一头鱼腹中呢？

弗兰西斯科　大王，他也许还活着。我看见他击着波浪，将身体耸出在水面上，不顾浪涛怎样和他作对，他凌波而前，尽力抵御着迎面而来的最大的巨浪；他的勇敢的头总是探出在怒潮的上面，并且，他用他那壮健的臂膊以有力的姿势将自己划近岸边；海岸的岸脚已被浪潮侵蚀空了，那倒挂的岩顶似乎在俯向着他，要把他援救起来。我确信他是平安地到了岸上。

阿隆佐　不，不，他已经死了。

西巴斯辛　大王，您给自己带来这一重大的损失，倒是应该感谢您自己，因为您不把您的女儿留着赐福给欧洲人，却宁愿把她捐弃给一个非洲人；至少她从此远离了您的眼前，难怪您要伤心掉泪了。

阿隆佐　请你别再说了吧。

西巴斯辛　我们大家都曾经跪求着您改变您的意志；她自己也处于怨恨和服从之间，犹豫不决应当迁就哪一个方面。现在我们已经失去了您的儿子，恐怕再没有看见他的希望了；为着这一回举动，米兰和那不勒斯又加添了许多寡妇，我们带回家乡去安慰她们的男人却没有几个：一切过失全在您的身上。

阿隆佐　这确是最严重的损失。

贡柴罗　西巴斯辛大人，您说的自然是真话，但是太苛酷了点儿，而且现在也不该说这种话；应当敷膏药的时候，你却去触动痛处。

西巴斯辛　说得很好。

安东尼奥　而且真像一位大夫的样子。

贡柴罗　当您为愁云笼罩的时候，大王，我们也都一样处于阴沉的天气中。

西巴斯辛　阴沉的天气？

安东尼奥　　阴沉得很。

贡柴罗　　如果这一个岛归我所有，大王——

安东尼奥　　他一定要把它种满了荨麻。

西巴斯辛　　或是酸模草、锦葵。

贡柴罗　　而且我要是这岛上的王的话，请猜我将做些什么事？

西巴斯辛　　使你自己不致喝醉，因为无酒可饮。

贡柴罗　　在这共和国中我要实行一切与众不同的措施；我要禁止一切的贸易；没有地方官的设立；没有文学；富有、贫穷和雇佣都要废止；契约、承袭、疆界、区域、耕种、葡萄园都没有；金属、谷物、酒、油都没有用处；废除职业，所有的人都不做事；妇女也是这样，但她们是天真而纯洁；没有君主——

西巴斯辛　　但是他说他是这岛上的王。

安东尼奥　　他的共和国的后面的部分把开头的部分忘了。

贡柴罗　　大自然中一切的产物都须不用血汗劳力而获得；叛逆、重罪、剑、戟、刀、枪、炮以及一切武器的使用，一律杜绝；但是大自然会自己产生出一切丰饶的东西，养育我那些纯朴的人民。

西巴斯辛　他的人民中间没有结婚这一件事吗？

安东尼奥　没有的，老兄，大家闲荡着，尽是些娼妓和无赖。

贡柴罗　　我要照着这样的理想统治，足以媲美往古的黄金时代。

西巴斯辛　上帝保佑吾王！

安东尼奥　贡柴罗万岁！

贡柴罗　　而且——您在不在听我说，大王？

阿隆佐　　算了，请你别再说下去了吧！你对我尽说些没意思的话。

贡柴罗　　我很相信陛下的话。我的本意原是要让这两位贵人把我取笑一番，他们的天性是这样敏感而伶俐，常常会无缘无故发笑。

安东尼奥　　我们笑的是你。

贡柴罗　　在这种取笑讥讽的事情上,我在你们的眼中简直不算什么名堂,那么你们只管笑个没有名堂吧。

安东尼奥　　好一句厉害的话!

西巴斯辛　　可惜不中要害。

贡柴罗　　你们是血气奋发的贵人们,假使月亮连续五个星期不发生变化,你们会把她也撵走。

爱丽儿隐形上[奏庄严的音乐]

西巴斯辛　　对啦,我们一定会把她撵走,然后在黑夜里捉鸟去。

安东尼奥　　哟,好大人,别生气哪!

贡柴罗　　放心吧,我不会的;我不会这样不知自检。我觉得疲倦得很,你们肯不肯把我笑得睡去?

安东尼奥　　好,你睡吧,听我们笑你。[除阿隆佐、西巴斯辛、安东尼奥外余皆睡去]

阿隆佐　　怎么!大家一会儿都睡熟了!我希望我的

	|眼睛安安静静地合拢，把我的思潮关闭起来。我觉得它们确实要合拢了。
西巴斯辛	大王，请您不要拒绝睡神的好意。他不大会降临到忧愁者的身上，但倘使来了的时候，那是一个安慰。
安东尼奥	我们两个人，大王，会在您休息的时候护卫着您，留意着您的安全。
阿隆佐	谢谢你们。倦得很。

阿隆佐睡；爱丽儿下

西巴斯辛	真奇怪，大家都这样倦！
安东尼奥	那是因为气候的关系。
西巴斯辛	那么为什么我们的眼皮不垂下来呢？我觉得我自己一点不想睡。
安东尼奥	我也不想睡；我的精神很兴奋。他们一个一个倒下来，好像预先约定好似的，又像受了电击一般。可尊敬的西巴斯辛，什么事情也许会？……啊！什么事情也许会？……算了，不说了；但是我总觉得我能从你的脸上看出你应

	当成为何等样的人。时机全然于你有利；我在强烈的想象里似乎看见一顶王冠降到你的头上了。
西巴斯辛	什么！你是醒着还是睡着？
安东尼奥	你听不见我说话吗？
西巴斯辛	我听见的，但那一定是你睡梦中说出来的呓语。你在说些什么？这是一种奇怪的睡状，一面睡着，一面却睁大了眼睛，站立着，讲着话，行动着，然而却睡得这样熟。
安东尼奥	尊贵的西巴斯辛，你徒然让你的幸运睡去，甚至让它死去；你虽然醒着，却闭上了眼睛。
西巴斯辛	你清清楚楚在打鼾；你的鼾声里却蕴藏着意义。
安东尼奥	我在一本正经地说话，你不要以为我跟平常一样。你要是愿意听我的话，也必须一本正经，听了我的话之后，你的尊荣将要增加三倍。

西巴斯辛　哦，你知道我是心如止水。

安东尼奥　我可以教你怎样让止水激涨起来。

西巴斯辛　你试试看吧！但习惯的惰性只会教我退落下去。

安东尼奥　啊，但愿你知道你心中也在转这念头，虽然你表面上这样拿这件事取笑！越是排斥这思想，这思想越是牢固在你的心里。向后退的人，为了他们自己的胆小和因循，总是出不出头来。

西巴斯辛　请你说下去吧，瞧你的眼睛和面颊的神气，好像心中藏着什么话，而且像是产妇难产似的，很吃力地要把它说出来。

安东尼奥　我要说的是，大人：我们那位记性不好的大爷——这个人要是去世之后，别人也会把他淡然忘却的——他虽然已经把王上劝说得几乎使他相信他的儿子还活着——因为这个人唯一的本领就是向人家唠叨劝说——但王子不曾死

　　　　　　　这一回事是绝对不可能的，正像在这
　　　　　　　里睡着的人不会游泳一样。

西巴斯辛　　我对于他不曾溺死这一句话是不抱一
　　　　　　　点希望的。

安东尼奥　　哎，不要说什么不抱希望啦，你自己的
　　　　　　　希望大着呢！从那方面说是没有希
　　　　　　　望，反过来说却正是最大不过的希
　　　　　　　望、野心所能企及而无可再进的极
　　　　　　　点。你同意不同意我说的，腓迪南已
　　　　　　　经溺死了？

西巴斯辛　　他一定已经送命了。

安东尼奥　　那么告诉我，除了他，应该轮到谁承继
　　　　　　　那不勒斯的王位？

西巴斯辛　　克拉莉贝尔。

安东尼奥　　她是突尼斯的王后；她住的地区那么
　　　　　　　遥远，一个人赶一辈子路，可还差
　　　　　　　五六十里才到得了她的家；她和那不
　　　　　　　勒斯没有通信的可能：月亮里的使者
　　　　　　　是太慢了，除非叫太阳给她捎信，那

么直到新生婴孩柔滑的脸上长满胡须的时候也许可以送到。我们从她的地方出发而遭到了海浪的吞噬，一部分人幸得生还，这是命中注定的，因为他们将有所作为，以往的一切都只是个开场的引子，以后的正文该由我们来干一番。

西巴斯辛　这是什么话！你怎么说的？不错，我哥哥的女儿是突尼斯的王后，她也是那不勒斯的嗣君，两地之间相隔着好多路程。

安东尼奥　这路程是这么长，每一步的距离都似乎在喊着，"克拉莉贝尔怎么还能回头走，回到那不勒斯去呢？不要离开突尼斯，让西巴斯辛快清醒过来吧！"瞧，他们睡得像死去一般；真的，就是死了也不过如此。这儿有一个人治理起那不勒斯来，也绝不亚于睡着的这一个，也总不会缺少像这位贡柴罗一样善于唠叨说空话的大臣——就是乌鸦我也能教它讲得比他有意思一点哩。啊，要是你也跟我一样想法就好了！这样的昏睡对于你的高升真是多么好的一个机会！你懂不懂我的意思？

西巴斯辛　我想我懂得。

安东尼奥　那么你对于你自己的好运气有什么意见呢？

西巴斯辛　我记得你曾经篡夺过你哥哥普洛斯彼罗的位置。

安东尼奥　是的，你瞧我穿着这身衣服多么称身，比从前神气得多了！本来我的哥哥的仆人和我处在同等的地位，现在他们都在我的手下了。

西巴斯辛　但是你的良心上——

安东尼奥　哎，大人，良心在什么地方呢？假如它像一块冻疮，那么也许会害我穿不上鞋子，但是我并不觉得在我的胸头有这么一位神明。即使有二十颗冻结起来的良心梗在我和米兰之间，那么不等它们作梗起来，也早就融化了。这儿躺着你的兄长，跟泥土也不差多少——假如他真像他现在这个样子，看上去就像死了一般；我用这柄称心如意的剑，只要轻轻刺进三英寸那么深，就可以叫他永远安静。同时你照着我的样子，也可以叫这个老头子，这位老成持重的老臣，从此长眠不醒，再也不会来呶呶指责我们。至于其余的人，只要用好处引诱他们，就会像猫儿舔牛奶似的流连不去，假如我们说是黄昏，他们也不敢说是早晨。

西巴斯辛　好朋友，我将把你的情形作为我的榜样；如同你得到米兰一样，我也要得到我的那不勒斯。举起你的剑来吧，只要这么一下，便可以免却你以后的纳贡，我做了国王之后，一定十分眷宠你。

安东尼奥　　我们一起举剑吧,当我举起手来的时候,你也照样把你的剑对准贡柴罗的胸口。

西巴斯辛　　啊!且慢。[二人往一旁密议]

[音乐]爱丽儿隐形复上

爱丽儿　　我的主人凭他的法术,预知你,他的朋友,所陷入的危险,因此差我来保全你的性命,因为否则他的计划就要失败。

[在贡柴罗耳边唱]

当你酣然熟睡的时候,

眼睛睁得大大的"阴谋",

正在施展着毒手。

假如你重视你的生命,

不要再睡了,你得留神;

快快醒醒吧,醒醒!

安东尼奥　　那么让我们赶快下手吧。

贡柴罗　　天使保佑王上啊![众醒]

阿隆佐　　什么?怎么啦?喂,醒来!你们为什么拔剑?为什么脸无人色?

贡柴罗　　什么事?

西巴斯辛　　我们正站在这儿守护您的安息，就在这时候忽然听见了一阵大声的狂吼，好像公牛，不，狮子一样。你们不是也被那声音惊醒的吗？我听了害怕极了。

阿隆佐　　我什么都没听见。

安东尼奥　　啊！那是一种怪兽听了也会害怕的咆哮，大地都给它震动起来。那一定是一大群狮子的吼声。

阿隆佐　　你听见这声音吗，贡柴罗？

贡柴罗　　凭着我的名誉起誓，大王，我只听见一种很奇怪的蜜蜂似的声音，它使我惊醒过来。我摇着您的身体，喊醒了您。我一睁开眼睛，便看见他们的剑拔出鞘外。有一个声音，那是真的，最好我们留心提防着，否则赶快离开这地方。让我们把武器预备好。

阿隆佐　　带领我们离开这块地面，让我们再去找寻一下我那可怜的孩子。

贡柴罗　　上天保佑他不要给这些野兽害了！我

相信他一定在这岛上。

阿隆佐　领路走吧。

            率众人下

爱丽儿　我要把我的工作回去报告我的主人；

    国王呀，安心着前去把你的孩子找寻。

              下

第 二 场

岛上的另一处

凯列班荷柴上 [雷声]

凯列班　愿太阳从一切沼泽、平原上吸起来的瘴气都降在普洛斯彼罗身上，让他的全身没有一处不生恶病！他的精灵会听见我的话，但我非把他咒一下不可。他们要是没有他的吩咐，绝不会拧我，显出各种怪相吓我，把我推到烂泥里，或是在黑暗中化作一团磷火诱我迷路；但是只要我有点儿什么，他们便想出种种恶作剧来摆布我：有时变成猴子，向我咧着牙齿扮鬼脸，然后再咬我；一下子又变成刺猬，在路上滚作一团，我的赤脚一踏上去，便把针刺竖了起来；有时我的周身围绕着几条毒蛇，吐出分叉的舌头来，那嗖嗖的声音吓得我发狂。

特林鸠罗上

凯列班 瞧！瞧！又有一个他的精灵来了！因为我柴捡得慢，要来给我吃苦头。让我把身体横躺下来；也许他不会注意到我。

特林鸠罗 这儿没有丛林也没有灌木，可以抵御任何风雨。又有一阵大雷雨要来啦，我听见风在呼啸，那边那堆大的乌云像是一个臭皮袋就要把袋里的酒倒下来的样子。要是这回再像不久以前那么响着大雷，我不晓得我该把我的头藏到什么地方去好，那块云准要整桶整桶地倒下水来。咦！这是什么东西？是一个人还是一条鱼?死的还是活的?一定是一条鱼——他的气味像一条鱼,有些隔宿发霉的鱼腥气,不是新腌的鱼。奇怪的鱼!我从前曾经到过英国,要是我现在还在英国,只要把这条鱼画出来,挂在帐篷外面,包管那边无论哪一个节日里没事做的傻瓜都会掏出整块的银洋来瞧一瞧——在那边可以靠这条鱼发一笔财,随便什么稀奇古怪的畜生在那边都可以让你发一笔财。他们不愿意丢一个铜子给跛脚的叫花子,却愿意拿出一角钱来看一个死了的印第安红种人。嘿,他像人一样生着腿呢!他的翼鳍多么像是一对臂膀!他的身体还是暖的!我说我弄错了,我放弃原来的意见了,这不是鱼,是一个岛上的土人,刚才被天雷轰得那样子。[雷声]唉!雷雨又来了,我只得躲到他的衫子底下去,再没有别的躲避的地方了——一个人倒起运来,就要跟妖怪一起睡觉。让我躲在这儿,直到云消雨散。

斯丹法诺唱歌上[手持酒瓶]

斯丹法诺 [唱]

　　我将不再到海上去,到海上去,
　　我要老死在岸上——
这是一支送葬时唱的难听的曲子。好,这儿是我的安慰。

[饮酒;唱]

　　船长、船老大、咱小子和打扫甲板的,
　　还有炮手和他的助理,
　　爱上了毛儿、梅哥、玛利痕和玛葛丽,
　　但凯德可没有人欢喜;
　　因为她有一副绝顶响喉咙,
　　见了水手就要嚷,"送你的终!"
　　焦油和沥青的气味熏得她满心烦躁,
　　可是裁缝把她浑身搔痒就呵呵乱笑:
　　海上去吧,弟兄们,让她自个儿去上吊!

	这也是一支难听的曲子，但这儿是我的安慰。[饮酒]
凯列班	不要折磨我，喔！
斯丹法诺	什么事？这儿有鬼吗？叫野人和印第安人来跟我们捣乱吗？哈！海水都淹不死我，我还怕四只脚的东西不成？古话说得好，一个人神气得竟然用四条腿走路，就绝不能叫人望而生畏。只要斯丹法诺鼻孔里还透着气，这句话还是照样要说下去。
凯列班	精灵在折磨我了，喔！
斯丹法诺	这是这儿岛上生四条腿的什么怪物，照我看起来像在发疟疾。见鬼，他跟谁学会了我们的话？为了这，我也得给他医治一下子；要是我医好了他，把他驯服了，带回到那不勒斯去。可不是一桩可以送给随便哪一个脚踏牛皮的皇帝老官儿的绝妙礼物！
凯列班	不要折磨我，求求你！我愿意赶紧把

柴背回家去。

斯丹法诺　他现在寒热发作，语无伦次，他可以尝一尝我瓶里的酒；要是他从来不曾沾过一滴酒，那很可能会把他完全医好。我倘然医好了他，把他驯服了，我也不要怎么狠心需索，反正谁要他，谁就得出一笔钱——出一大笔钱。

凯列班　你还不曾给我多少苦头吃，但你就要大动其手了，我知道的，因为你在发抖——普洛斯彼罗的法术在驱使你了。

斯丹法诺　给我爬过来，张开你的嘴巴；这是会叫你说话的好东西，你这猫！张开嘴来；这会把你的颤抖完完全全驱走，我可以告诉你。[给凯列班喝酒]你不晓得谁是你的朋友。再张开嘴来。

特林鸠罗　这声音我很熟悉，那像是——但他已经淹死了。这些都是邪鬼。老天保佑我啊！

斯丹法诺　四条腿，两个声音，真是一个有趣不过的怪物！他前面的嘴巴在向他的朋友说着恭维的话，他背后的嘴巴却在说他坏话讥笑他。即使医好他需要我全瓶的酒，我也要给他出一下力。喝吧。阿门！让我再把一些酒倒在你那另外一张嘴里。

特林鸠罗 斯丹法诺！

斯丹法诺 你另外的那张嘴在叫我吗？天哪，天哪！这是个魔鬼，不是个妖怪。我得离开他，我可跟魔鬼打不了交道。

特林鸠罗 斯丹法诺！如果你是斯丹法诺，请你过来摸摸我，跟我讲几句话。我是特林鸠罗，不要害怕，你的好朋友特林鸠罗。

斯丹法诺 你倘然是特林鸠罗，那么钻出来吧，让我来把那两条小一点的腿拔出来；要是这儿有特林鸠罗的腿的话，这一定不会错。哎哟，你果真是特林鸠罗！你怎么会变成这个妖怪的粪便？他能够泻下特林鸠罗来吗？

特林鸠罗	我以为他是给天雷轰死了的。但是你不是淹死了吗，斯丹法诺？我现在希望你不曾淹死。雷雨过去了吗？我因为害怕雷雨，所以才躲在这个死妖精的衫子底下。你还活着吗，斯丹法诺？啊，斯丹法诺，两个那不勒斯人脱险了！
斯丹法诺	请你不要把我旋来旋去，我的胃不大好。
凯列班	[旁白]这两个人倘然不是精灵，一定是好人，那是一位英雄的天神，他还有琼浆玉液。我要向他跪下去。
斯丹法诺	你怎么会逃命了呢？你怎么会到这儿来？凭着这个瓶儿起誓，你是怎么到这儿来的？凭着这个瓶儿起誓。我自己是因为伏在一桶白葡萄酒的桶顶上才不曾淹死。那桶酒是水手们从船上抛下海的，这个瓶是我被冲上岸之后自己亲手用树干剖成的。
凯列班	凭着那个瓶儿起誓，我要做您的忠心的仆人，因为您那种水是仙水。

斯丹法诺　嗨,起誓吧,说你是怎样逃了命的。

特林鸠罗　游泳到岸上,像一只鸭子一样,我会像鸭子一样游泳,我可以起誓。

斯丹法诺　来,吻你的《圣经》。⑤ [给特林鸠罗喝酒] 你虽然能像鸭子一样游泳,可是你的样子倒像是一只鹅。

特林鸠罗　啊,斯丹法诺!这酒还有吗?

斯丹法诺　有着整整一桶呢,老兄。我在海边的一座岩穴里藏下了我的美酒。喂,妖精!你的寒热病怎么样啦?

凯列班　您不是从天上掉下来的吗?

斯丹法诺　从月亮里下来的,实实在在告诉你,从前我是住在月亮里的。

凯列班　我曾经看见过您在月亮里,我真喜欢您。我的女主人曾经指点给我看您和您的狗,还有您的柴枝。

斯丹法诺　来,起誓吧,吻你的《圣经》,我会把它重新装满。起誓吧。

特林鸠罗　凭着这个太阳起誓,这是个蠢得很的怪物，可笑，我竟会害怕起他来！一个不中用的怪物！月亮里的人，嘿！这个可怜的轻信的怪物！好啊，怪物！你的酒量真不小。

凯列班　　我要指点给您看这岛上每一处肥沃的地方，我要吻您的脚。请您做我的神明吧！

特林鸠罗　　凭着太阳起誓，这是一个居心不良的嗜酒的怪物；一等他的神明睡了过去，他就会把酒瓶偷走。

凯列班　　我要吻您的脚，我要发誓做您的仆人。

斯丹法诺　　那么好，跪下来起誓吧。

特林鸠罗　　这个头脑简单的怪物要把我笑死了。这个不要脸的怪物！我心里真想把他揍一顿。

斯丹法诺　　来，吻吧。

特林鸠罗　　但是这个可怜的怪物是喝醉了，一个作孽的怪物！

凯列班　　我要指点您最好的泉水，我要给您摘浆

	果,我要给您捉鱼,给您打很多的柴。但愿瘟疫降临在我那暴君的身上!我再不给他搬柴了。我要跟着您走,您这了不得的人!
特林鸠罗	一个可笑又可气的怪物!竟会把一个无赖的醉汉看作了不得的人!
凯列班	请您让我带您到长着野苹果的地方,我要用我的长指爪给您掘出落花生来,把鲣鸟的窝指点给您看,教给您捕捉伶俐的小猢狲的法子,我要采成球的榛果献给您,我还要从岩石上为您捉下海鸥的雏鸟来,您肯不肯跟我走?
斯丹法诺	请你带着我走,不要再啰里啰唆了。——特林鸠罗,国王和我们的同伴们既然全部淹死,这地方便归我们所有了。——来,给我拿着酒瓶。——特林鸠罗老朋友,我们不久便要再把它装满。
凯列班	［醉吃地唱］

再会，主人！再会！再会！

特林鸠罗　　一个喧哗的怪物！一个醉酒的怪物！

凯列班　　　不再筑堰捕鱼；

　　　　　　不再捡柴生火，

　　　　　　硬要听你吩咐；

　　　　　　不刷盘子不洗碗；

　　　　　　班，班，凯——凯列班，

　　　　　　换了一个新老板！

自由，哈哈！哈哈，自由！自由！

哈哈，自由！

斯丹法诺　　啊，出色的怪物！带路走呀。

同下

第三幕

ACT III

SOME KINDS OF BASENESS
ARE NOBLY UNDERGONE
AND MOST POOR MATTERS
POINT TO RICH ENDS.

有一类卑微的工作是用艰苦卓绝的精神忍受着的,最低陋的事情往往指向最崇高的目标。

第 一 场

普洛斯彼罗洞室之前

腓迪南负木上

腓迪南 有一类游戏是很吃力的,但兴趣会使人忘记辛苦;有一类卑微的工作是用艰苦卓绝的精神忍受着的,最低陋的事情往往指向最崇高的目标。我这种贱役对于我应该是艰重而可厌的,但我所奉侍的女郎使我生趣勃发,觉得劳苦反而是一种愉快。啊,她的温柔十倍于她父亲的乖戾,而他则浑身都是暴戾！他严厉地吩咐我必须把几千根这样的木头搬过去堆垒起来；我那可爱的姑娘见了我这样劳苦，竟哭了起来，说从来不曾见过像我这种人干这等卑贱的工作。唉！我把工作都忘了。但这些甜蜜的思想给予我新生的力量，在我干活的当儿，我的思想最活跃。

米兰达上；普洛斯彼罗潜随其后

米兰达 唉，请你不要太辛苦了吧！我真希望一阵闪电把那些要你堆垒的木头一起烧掉！请你暂时放下来，坐下歇歇吧。要是这根木头被烧起，它一定会想到它带给你的劳苦而流泪的。我的父亲正在一心一意地读书，请你休息休息吧，在这三个钟头之内，他是不会出来的。

腓迪南 啊，最亲爱的姑娘，在我还没有把我必须做的工作努力做完之前，太阳就要下去了。

米兰达	要是你肯坐下来,我愿意代你搬一会儿木头,请你给我吧,让我把它搬到那一堆上面去。
腓迪南	怎么可以呢,珍贵的人儿!我宁愿毁损我的筋骨,压折我的背膀,也不愿让你干这种下贱的工作,而我空着两手坐在一旁。
米兰达	要是这种工作配给你做,当然它也配给我做。而且我做起来心里更舒服一点——因为我是自己甘愿,而你是被骗的。
普洛斯彼罗	[旁白]可怜的孩子,你已经情魔缠身了!你这痛苦的呻吟流露了真情。
米兰达	你看上去很疲乏。
腓迪南	不,尊贵的姑娘!当你在我身边的时候,黑夜也变成了清新的早晨。我恳求你告诉我你的名字,好让我把它放进我的祈祷里去。
米兰达	米兰达——唉!父亲,我已经违背了你的

叮嘱，把它说了出来啦！

腓迪南　可赞美的米兰达！真是一切仰慕的最高峰，价值抵得过世界上一切最珍贵的财宝！我的眼睛曾经专注地盼睐过许多女郎，许多次她们那柔婉的声调使我过于敏感的听觉对之倾倒。为了各种不同的美点，我曾经喜欢过各个不同的女子，但是从不曾全心全意地爱上一个，总有一些缺点损害了她那崇高的优美。但是你啊，这样完美而无双，是把每一个人的最好的美点集合起来而造成的！

米兰达　我不曾见过一个和我同性的人，除了在镜子里见到自己的面孔以外，我不记得任何女子的相貌；除了你，好友，和我亲爱的父亲以外，我也不曾见过哪一个我可以称为男子的人。我不知道别处地方人们都生得什么样子，但是凭着我最宝贵的嫁妆——贞洁起誓：

除了你之外，在这世上我不期望任何的伴侣；除了你之外，我的想象也不能再产生出一个可以使我喜爱的形象。但是我的话讲得有些太越出界限，把我父亲的教训全忘记了。

腓迪南 我在我的地位上是一个王子，米兰达；也许竟是一个国王——但我希望我不是！我不能容忍一只苍蝇玷污我的嘴角，更不用说挨受这种搬运木头的苦役了。听我的心灵向你诉说：当我第一眼看见你的时候，我的心就已经飞到你的身边，甘心为你执役，使我成为你的奴隶。只是为了你的缘故，我才肯让自己当这个辛苦的运木的工人。

米兰达 你爱我吗？

腓迪南 天在顶上！地在底下！为我做证这一句妙音。要是我所说的话是真的，愿天地赐给我幸福的结果；如其所说是假，那么请把我命中注定的幸运都转成噩

|||运！超过世间其他一切事物的界限之上，我爱你，珍重你，崇拜你！
米兰达|我是一个傻子，听见了衷心喜欢的话就流起泪来！
普洛斯彼罗|[旁白]一段难得的良缘的会合！上天赐福给他们的后裔吧！
腓迪南|你为什么哭起来了呢？
米兰达|因为我太平凡了，我不敢献给你我所愿意献给你的，更不敢从你那接受我所渴想得到的。但这是废话，越是掩饰，它越是显露得清楚。去吧，羞怯的狡狯！让单纯而神圣的天真指导我说什么话吧！要是你肯娶我，我愿意做你的妻子；不然的话，我将到死都是你的婢女——你可以拒绝我做你的伴侣，但不论你愿不愿意，我将是你的奴婢。
腓迪南|我最亲爱的爱人！我永远低首在你的面前。
米兰达|那么你是我的丈夫吗？

腓迪南 是的,我全心愿望着,如同受拘束的人愿望自由一样。握着我的手。

米兰达 这儿是我的手,我的心也跟它在一起。现在我们该分手了,半点钟之后再会吧。

腓迪南 一千个再会吧!

分别下

普洛斯彼罗 我当然不能比他们自己更为高兴,而且他们是全然不曾预先料到的,但没有别的事可以比这事更使我快活了。我要去读我的书去,因为在晚餐之前,我还有一些事情须得做好。

下

第 二 场

岛上的另一处

凯列班持酒瓶,斯丹法诺、
特林鸠罗同上

斯丹法诺 别对我说;要是酒桶里的酒喝完了,然后我们再喝水;只要还有一滴酒剩着,让我们总是喝酒吧。来,一!二!三!加油干!妖怪奴才,向我祝饮呀!

特林鸠罗 妖怪奴才!这岛上特产的笨货!据说这岛上一共只有五个人,我们已经是三

	个;要是其余的两个人跟我们一样聪明,我们的江山就不稳了。
斯丹法诺	喝酒呀,妖怪奴才!我叫你喝你就喝。你的眼睛简直呆呆地生牢在你的头上了。
特林鸠罗	眼睛不生在头上倒该生在什么地方?要是他的眼睛生在尾巴上,那才真是个出色的怪物哩!
斯丹法诺	我的妖怪奴才的舌头已经在白葡萄酒里淹死了;但是我,海水也淹不死我。凭着这太阳起誓,我在一百多英里的海面上游来游去,一直游到了岸边。你得做我的副官,怪物,或是做我的旗手。
特林鸠罗	还是做个副官吧,要是你中意的话。他当不了旗手。
斯丹法诺	我们不想奔跑呢,怪物先生。
特林鸠罗	也不想走路,你还是像条狗那么躺下来吧;一句话也别说。
斯丹法诺	妖精,说一句话吧,如果你是个好妖精。

凯列班　　给老爷请安！让我舐您的靴子。我不要服侍他，他是个懦夫。

特林鸠罗　　你说谎，一窍不通的怪物！我打得过一个警察呢。嘿，你这条臭鱼！像我今天一样喝了那么多白酒的人，还说是个懦夫吗？因为你是一条一半鱼、一半妖怪的荒唐东西，你就要撒一个荒唐的谎吗？

凯列班　　看！他多么取笑我！您让他这样说下去吗，老爷？

特林鸠罗　　他说"老爷"！谁想得到一个怪物会是这么一个蠢材！

凯列班　　喏，喏，又来啦！我请您咬死他。

斯丹法诺　　特林鸠罗，好好地堵住你的嘴！如果你要造反，就把你吊死在眼前那株树上！这个可怜的怪物是我的人，不能给人家欺侮。

凯列班　　谢谢大老爷！您肯不肯再听一次我的条陈？

斯丹法诺 依你所奏。跪下来说吧。我立着,特林鸠罗也立着。

爱丽儿隐形上

凯列班 我已经说过,我屈服在一个暴君、一个巫师的手下,他用诡计把这岛从我手里夺了去。

爱丽儿 你说谎!

凯列班 你说谎,你这插科打诨的猴子!我希望我的勇敢的主人把你杀死。我没有说谎。

斯丹法诺 特林鸠罗,要是你在他讲话的时候再来缠扰,凭着这只手起誓,我要敲掉你的牙齿。

特林鸠罗 怎么?我一句话都没有说。

斯丹法诺 那么别响,不要再多话了。[向凯列班]讲下去。

凯列班 我说,他用妖法占据了这岛,从我手里夺了去;要是老爷肯替我向他报仇——我知道您一定敢,但这家伙绝没有这胆子——

斯丹法诺　　自然啰。

凯列班　　您就可以做这岛上的主人,我愿意服侍您。

斯丹法诺　　用什么方法可以实现这事呢?你能不能把我带到那个人的地方去?

凯列班　　可以的,可以的,老爷。我可以乘他睡熟的时候把他交付给您,您就可以用一根钉敲进他的脑袋里去。

爱丽儿　　你说谎,你不敢!

凯列班　　这个穿花花衣裳的蠢货!这个浑蛋!请老爷把他痛打一顿,把他的酒瓶夺过来。他没有酒喝之后,就只好喝海里的咸水了,因为我不愿告诉他清泉在什么地方。

斯丹法诺　　特林鸠罗,别再自讨没趣啦!你再说一句话打扰这怪物,凭着这只手起誓,我就要不顾情面,把你打成一条鱼干了。

特林鸠罗　　什么?我得罪了你什么?我一句话都没有说。让我再离得远一点儿。

斯丹法诺　　你不是说他说谎吗？

爱丽儿　　　你说谎！

斯丹法诺　　我说谎吗？吃这一下！〔打特林鸠罗〕要是你觉得滋味不错的话，下回再试试看吧。

特林鸠罗　　我并没有说你说谎。你头脑昏了，连耳朵也听不清楚了吗？该死的酒瓶！喝酒才把你搅得那么昏沉沉的。愿你的怪物给牛瘟病瘟死，魔鬼把你的手指弯断了去！

凯列班　　　哈哈哈！

斯丹法诺　　现在讲下去吧。——请你再站得远些。

凯列班　　　狠狠地打他一下子，停一会儿我也要打他。

斯丹法诺　　站远些。——来，说吧。

凯列班　　　我对您说过，他有一个老规矩，一到下午就要睡觉。那时您先把他的书拿了去，就可以捶碎他的脑袋，或者用一根木头敲破他的头颅，或者用一根棍子搠破他的肚肠，或者用您的刀割断他的喉咙。记好，先要把他的书拿到手，因为他一失去了他的书，就是一个跟我差不多的大傻瓜，也没有一个精灵会听他指挥——这些精灵们没有一个不像我一样把他恨入骨髓。只要把他的书烧了就是了。他还有些出色的家具——他叫作"家具"——预备造了房子之后陈设起来的。但第一应该放在心上的是他那美貌的女儿。他自己说她是一个美艳无双的人。我从来不曾见过一个女人，除了我的老娘西考拉克斯和她之外；可是她比起西考拉克斯来，真不知要好看得多少倍了，正像天地的相差一样。

斯丹法诺 是这样一个出色的姑娘吗？

凯列班 是的，老爷；我可以担保一句，她跟您睡在一床是再合适也没有的啦，她会给您生下出色的小子来。

斯丹法诺　　怪物，我一定要把这人杀死；他的女儿和我做国王和王后，上帝保佑！特林鸠罗和你做总督。你赞成不赞成这计策，特林鸠罗？

特林鸠罗　　好极了。

斯丹法诺　　让我握你的手。我很抱歉打了你，可是你活着的时候，总以少开口为妙。

凯列班　　在这半点钟之内他就要入睡，您愿不愿就在这时候杀了他？

斯丹法诺　　好的，凭着我的名誉起誓。

爱丽儿　　我要告诉主人去。

凯列班　　您使我高兴得很，我心里充满了快乐。让我们畅快一下。您肯不肯把您刚才教给我的轮唱曲唱起来？

斯丹法诺　　准你所奏，怪物，凡是合乎道理的事我都可以答应。来啊，特林鸠罗，让我们唱歌。[唱]

　　嘲弄他们，讥讽他们，

　　讥讽他们，嘲弄他们，

思想多么自由!

凯列班 这曲子不对。

[爱丽儿击鼓吹箫,依曲调而奏]

斯丹法诺 这是什么声音?

特林鸠罗 这是我们的歌的曲子,在空中吹奏着呢。

斯丹法诺 你倘然是一个人,像一个人那样出来吧;你倘然是一个鬼,也请你显出怎样的形状来吧!

特林鸠罗 饶赦我的罪过呀!

斯丹法诺 人一死什么都完了,我不怕你。但是可怜我们吧!

凯列班 您害怕吗?

斯丹法诺 不,怪物,我怕什么?

凯列班 不要怕。这岛上充满了各种声音和悦耳的乐曲,使人听了愉快,不会伤害人。有时成千的叮叮咚咚的乐器在我耳边鸣响。有时在我酣睡醒来的时候,听见了那种歌声,又使我沉沉睡去;那时在梦中便好像云端里开了门,无数

	珍宝要向我倾倒下来;当我醒来之后,我简直哭了起来,希望重新做一遍这样的梦。
斯丹法诺	这倒是一个出色的国土,可以不费钱白听音乐。
凯列班	但第一您得先杀死普洛斯彼罗。
斯丹法诺	那事我们不久就可以动手,我记住了。
特林鸠罗	这声音渐渐远去,让我们跟着它,然后再干我们的事。
斯丹法诺	领着我们走,怪物;我们跟着你。我很希望见一见这个打鼓的家伙,看他的样子奏得倒挺不错。
特林鸠罗	你来吗?我跟着它走了,斯丹法诺。

同下

第 三 场

岛上的另一处

阿隆佐、西巴斯辛、安东尼奥、
贡柴罗、阿德里安、弗兰西斯科
及余人等上

贡柴罗　　天哪！我走不动啦,大王;我的老骨头在痛。这儿的路一条直一条弯的,完全把人迷昏了!要是您不见怪,我必须休息一下。

阿隆佐　　老人家,我不能怪你;我自己也心灰意懒，疲乏得很。坐下来歇歇吧。现在我已经断了念头，不再自己哄自己了。他一定已经淹死了，尽管我们乱摸瞎撞地找寻他；海水也在嘲笑着我们在岸上的无益的寻觅。算了吧，让他死了就完了！

安东尼奥　[向西巴斯辛旁白]我很高兴他是这样灰心。别因为一次遭到失败，就放弃了你的已决定好的计划。

西巴斯辛　[向安东尼奥旁白]下一次的机会我们一定不要错过。

安东尼奥　[向西巴斯辛旁白]就在今夜吧；他们现在已经走得很疲乏，一定不会，而且也不能，再那么警觉了。

西巴斯辛　[向安东尼奥旁白]好，今夜吧。不要再说了。

[庄严而奇异的音乐]普洛斯彼罗自上方隐形上。下侧若干奇形怪状的精灵抬了一

桌酒席进来；他们围着它跳
舞，且做出各种表示敬礼的
姿势，邀请国王以及诸人就
食后退去

阿隆佐　这是什么音乐？好朋友们，听哪！

贡柴罗　神奇的甜美的音乐！

阿隆佐　上天保佑我们！这些是什么？

西巴斯辛　一场活动的傀儡戏？现在我才相信世上有独角的麒麟，阿拉伯有凤凰所栖的树，上面有一只凤凰至今还在南面称王呢。

安东尼奥　麒麟和凤凰我都相信；要是此外还有什么难以置信的东西，都来告诉我好了，我一定会发誓说那是真的。旅行的人绝不会说谎话，足不出门的傻瓜才嗤笑他们。

贡柴罗　要是我现在在那不勒斯，把这事告诉了别人，他们会不会相信我呢？要是我对他们说，我看见岛上的人民是这样这样的——这些当然一定是岛上的人民啰——虽然他们的形状生得很奇怪，然而倒是很有礼貌、很和善，在我们人类中也难得见到的。

普洛斯彼罗　［旁白］正直的老人家，你说得不错，因为在你们自己一群人当中，就有几个人比魔鬼还要坏。

阿隆佐　我再不能这样吃惊了。虽然不开口，但他们的那种形状、那种手势、那种音乐，都表演了一幕美妙的哑剧。

普洛斯彼罗　［旁白］且慢称赞吧。

弗兰西斯科　他们消失得很奇怪。

西巴斯辛　不要管他，既然他们把食物留下，我们有肚子就该享用。——您要不要尝尝试试看？

阿隆佐　我可不想吃。

贡柴罗　真的，大王，您无须胆小。当我们还是孩子的时候，谁肯相信有一种山居的人民，喉头长着肉袋，像一头牛一样？谁又肯相信有一种人的头是长在胸膛上的？可是我们现在都相信，每个旅行的人都能肯定这种话不是虚假的了。

阿隆佐 好，我要吃，即使这是我的最后一餐。有什么关系呢？我最好的日子也已经过去了。贤弟、公爵，陪我们一起来吃吧。

[雷电]爱丽儿化作女面鸟身的怪鸟上，以翼击桌，筵席顿时消失——用一种特别的机关装置

爱丽儿 你们是三个有罪的人；操纵着下界一切的天命使得那贪馋的怒海重又把你们吐了出来，把你们抛在这没有人居住的岛上，你们是不配居住在人类中间的。你们已经发狂了。[阿隆佐、西巴斯辛等拔剑]即使像你们这样勇敢的人，也没有法子免除一死。你们这辈愚人！我和我的同伴们都是命运的使者；你们的用风、火熔炼的刀剑不能损害我们身上的一根羽毛，正像把它们砍向

呼啸的风、刺向分而复合的水波一样,只显得可笑。我的伙伴们也是刀枪不入的。而且即使它们能够把我们伤害,现在你们也已经没有力量把臂膀举起来了。好生记住吧,我来就是告诉你们这句话,你们三个人是在米兰把善良的普洛斯彼罗篡逐的恶人,你们把他和他无辜的婴孩放逐在海上,如今你们也受到同样的报应了。为着这件恶事,上天虽然并不把惩罚立刻加在你们身上,却并没有轻轻放过,已经使海洋陆地,以及一切有生之伦,都来和你们作对了。你,阿隆佐,已经丧失了你的儿子;我再向你宣告:活地狱的无穷痛苦——一切死状合在一起也没有那么惨,将要一步步临到你生命的途程中;除非痛悔前非,以后洗心革面,做一个清白的人,否则在这荒岛上面,天谴已经迫在眼前了!

> 爱丽儿在雷鸣中隐去。柔和的乐声复起；精灵们重上，跳舞且作揶揄状，把空桌抬下

普洛斯彼罗　[旁白]你把这怪鸟扮演得很好，我的爱丽儿，这一桌酒席你也席卷得妙，我叫你说的话你一句也没有漏去，就是那些小精灵们也都生龙活虎，各自非常出力。我的神通已经显出力量，我这些仇人们已经惊惶得不能动弹，他们都已经在我的权力之下了。现在我要在这种情形下离开他们，去探视他们以为已经淹死了的年轻的腓迪南和他的——也是我的——亲爱的人儿。

> 自上方下

贡柴罗　凭着神圣的名义，大王，为什么您这样呆呆地站着？

阿隆佐　啊，那真是可怕！可怕！我觉得海潮在那儿这样告诉我；风在那儿把它唱进我的耳中；那深沉可怕、像管风琴般的

雷鸣在向我震荡出普洛斯彼罗的名字，它用宏亮的低音宣布了我的罪恶。这样看来，我的孩子一定是葬身在海底的软泥之下了。我要到深不可测的海底去寻找他，跟他睡在一块儿！

下

西巴斯辛　要是这些鬼怪们一个一个地来，我可以打得过他们。

安东尼奥　让我助你一臂之力。

西巴斯辛、安东尼奥下

贡柴罗　这三个人都有些不顾死活的神气。他们的重大的罪恶像隔了好久才发作的毒药一样，现在已经在开始咬啮他们的灵魂了。你们是比较善于临机应变的，请快快追上去，阻止他们不要做出什么疯狂的举动来。

阿德里安　你们跟我来吧。

同下

第四幕
ACT IV

THE STRONGEST OATHS ARE STRAW TO THE FIRE IN THE BLOOD.

血液中的火焰一燃烧起来,
最坚强的誓言也就等于草秆。

第 一 场

普洛斯彼罗洞室之前

普洛斯彼罗、腓迪南、米兰达

上

普洛斯彼罗 要是我曾经给你太严厉的惩罚,你也已经得到补偿了;因为我已经把我生命中的一部分给了你,我是为了她才活着的。现在我再把她交到你的手里;你所受的一切苦恼都不过是我用来试验你的爱情的,而你能异常坚强地忍受它们。这里我当着天,许给你这个珍贵的赏赐。腓迪南啊，不要笑我这样把她夸奖，你自己将会知道，一切的称赞比起她自身的美好来，都是瞠乎其后的。

腓迪南 我绝对相信您的话。

普洛斯彼罗 既然我的给予和你的获得都不是出于贸然，你就可以娶我的女儿。但在一切神圣的仪式没有充分给你许可之前，你不能侵犯她处女的尊严；否则你们的结合将不能得到上天美满的祝福，冷淡的憎恨、白眼的轻蔑和不睦将使你们的姻缘中长满令人嫌恶的恶草。所以小心一点吧，许门⑥的明灯将照引着你们！

腓迪南 我希望的是以后在和如今一样的爱情中享受着平和的日子、美秀的儿女和绵绵的生命，因此即使在最幽冥的暗室中，在最方便的场合，有伺隙而来的魔鬼最强烈的煽惑，也不能使我的廉

	耻化为肉欲,而轻轻地损毁了举行婚礼那天的无比的欢乐。可是那样的一天来得也太慢了,我觉得不是太阳神的骏马在途中跑垮了,便是黑夜被禁系在冥域了。
普洛斯彼罗	说得很好。坐下来跟她谈话吧,她是属于你的。喂,爱丽儿!我勤劳的仆人,爱丽儿!

爱丽儿上

爱丽儿	我的威严的主人有什么吩咐?我在这里。
普洛斯彼罗	你跟你的小伙计们把刚才的事情办得很好;我必须再差你们做一件这样的把戏。去把你手下的小喽啰们召唤到这儿来,叫他们赶快装扮起来,因为我必须在这一对年轻人的面前卖弄卖弄我的法术,我曾经答应过他们,他们也在盼望着。
爱丽儿	即刻吗?
普洛斯彼罗	是的,一眨眼的时间内就得办好。

爱丽儿　　　你来去还不曾出口，

　　　　　　你呼吸还留着没透，

　　　　　　我们早脚尖儿飞快，

　　　　　　扮鬼脸大伙儿都在，

　　　　　　主人，你爱我不爱？

普洛斯彼罗　我很爱你，我伶俐的爱丽儿！在我没有叫你之前，不要来。

爱丽儿　　　好，我知道。

　　　　　　　　　　　　　　　　　下

普洛斯彼罗　当心保持你的忠实，不要太恣意调情。血液中的火焰一燃烧起来，最坚强的誓言也就等于草秆。节制一些吧，否则你的誓约就要守不住了！

腓迪南　　　请您放心，老人家，皎白的处女的冰雪，早已压伏了我胸中的欲火。

普洛斯彼罗　好。——出来吧，我的爱丽儿！不要让精灵们缺少一个，多一个倒不妨。轻轻快快地出来吧！大家不要响，只许静静地看！

[柔和的音乐；假面剧开始]

精灵扮伊里斯①上

伊里斯　刻瑞斯⑧，最丰饶的女神，我是天上的彩虹，我是天后的使官，天后在云端，传旨请你离开你那繁荣着小麦、大麦、黑麦、燕麦、野豆、豌豆的膏田；离开你那羊群所游息的茂草的山坡，以及饲牧它们的满铺着刍草的平原；离开你那生长着立金花和蒲苇的堤岸，多雨的四月奉着你的命令而把它装饰着的，在那里给清冷的水仙女们备下了洁净的新冠；离开你那为失恋的情郎们所爱好而徘徊其下的金雀花的薮丛；你那牵藤的葡萄园；你那荒瘠崎岖的海滨，你所散步游息的所在：请你离开这些地方，到这里的草地上来，和尊严的天后陛下一同游戏；她的孔雀已经轻捷地飞翔起来了，请你来陪驾吧，富有的刻瑞斯。

刻瑞斯上

刻瑞斯　万福，你永远服从着天后命令的、五彩缤纷的使者！你用你的橙黄色的翼膀常常洒下甘露似的清新的阵雨在我的花朵上面，用你青色的弓的两端为我林木丛生的地亩和没有灌枝的高原披上了富丽的肩巾。敢问你的王后唤我到这细草原上来，有什么吩咐？

伊里斯　为要庆祝真心的爱情的结合，大量地赐福给这一双有福的恋人。

刻瑞斯　告诉我，天虹，你知不知道维纳斯或她的儿子是否也随侍着天后？他们用诡计使我的女儿陷在幽冥的狄斯的手中以后，我已经立誓不再见她和她那盲目的小儿无耻的面孔了[9]。

伊里斯　不要担心会碰见她，我遇见她的灵驾由一对对的白鸽拖引着，正冲破云霄，向帕福斯[10]而去，她的儿子同车陪着她。他们因为这里的这一对男女曾经立誓在许门的火炬燃着以前不得同衾，因此想要在他们身上干一些无赖的把戏，可是白费了心机；马斯的情妇⑪已经满心暴躁地回去；她那发恼的儿子已经折断了他的箭，发誓以后不再射人，只是跟麻雀们开开玩笑，打算做一个好孩子了。

刻瑞斯 最高贵的王后，伟大的朱诺⑫来了；从她的步履上我辨认得出来。

朱诺上

朱诺 我丰饶的贤妹安好？跟我去祝福这一对璧人，让他们一生幸福，产出美好的后裔来。〔唱〕

富贵尊荣，美满良姻，

百年偕老，子孙盈庭；

幸福朝朝，欢娱暮暮，

朱诺向你们恭贺！

刻瑞斯 〔唱〕

田多落穗，积谷盈仓，

> 葡萄成簇，摘果满筐；
> 秋去春来，如心所欲，
> 刻瑞斯为你们祝福！

腓迪南 这是一个最神奇的幻景，这样迷人而谐美！我能不能猜想这些都是精灵呢？

普洛斯彼罗 是的，这些是我从他们的世界里用法术召唤来表现我一时的空想的精灵们。

腓迪南 让我终老在这里吧！有着这样一位人间稀有的神奇而贤哲的父亲，这地方简直是天堂了。[朱诺与刻瑞斯作耳语，授命令于伊里斯]

普洛斯彼罗 亲爱的，莫作声！朱诺和刻瑞斯在那儿严肃地耳语，将要有一些另外的事情。嘘！不要开口！否则我们的魔法就要破解了。

伊里斯 戴着蒲苇之冠，眼光永远是那么柔和的、住在蜿蜒的河流中的仙女们啊！离开你们那涡卷的河床，到这青青的草地上来答应朱诺的召唤吧！前来，冷洁

　　　　　　　的水仙们，伴着我们一同庆祝一段良缘的缔结，不要太迟了。

若干水仙女上

　　伊里斯　　你们这些在八月的日光下蒸晒着的辛苦的刈禾人，离开你们的田亩，到这里来欢乐一番；戴上你们的麦秆帽子，一个一个地来和这些清艳的水仙们跳起乡村的舞蹈来吧！

若干服饰齐整的刈禾人上，和水仙女们一起作优美的舞蹈；临了时普洛斯彼罗突起发言，在一阵奇异的、幽沉的、杂乱的声音中，众精灵悄然隐去

　　普洛斯彼罗　　[旁白]我已经忘记了那个畜生凯列班和他的同党想来谋取我生命的奸谋，他们所定的时间已经差不多到了。[向精灵们]很好！现在完了，去吧！

　　腓迪南　　这可奇怪了，你的父亲在发着很大的脾气。

115

米兰达	直到今天为止,我从来不曾看见过他狂怒到这样子。
普洛斯彼罗	王子,你看上去似乎有点惊疑的神气。高兴起来吧,我儿,我们的狂欢已经终止了。我们的这一些演员们,我曾经告诉过你,原是一群精灵,他们都已化成淡烟而消散了。如同这虚无缥缈的幻景一样,入云的楼阁、瑰玮的宫殿、庄严的庙堂,甚至地球自身,以及地球上所有的一切,都将同样消散,就像这一场幻景,连一点烟云的影子都不曾留下。构成我们的料子也就是那梦幻的料子;我们的短暂的一生,前后都环绕在酣睡之中。王子,我心中有些昏乱,原谅我不能控制我的弱点;我衰老的头脑有些昏了。不要因为我的年老不中用而不安。假如你们愿意,请回到我的洞里休息一下。我将略作散步,安定一下我焦躁的心境。

米兰达	
腓迪南	愿你安静啊!

下

普洛斯彼罗	赶快来!谢谢你,爱丽儿,来啊!

爱丽儿上

爱丽儿	我永远准备着执行你的意志。有什么吩咐?
普洛斯彼罗	精灵,我们必须预备着对付凯列班。
爱丽儿	是的,我的命令者;我在扮演刻瑞斯的时候就想对你说,可是我生恐触怒了你。
普洛斯彼罗	再对我说一次,你把这些恶人安置在什么地方?
爱丽儿	我告诉过你,主人,他们喝得醉醺醺的,勇敢得了不得。他们怒打着风,因为风吹到了他们的脸上;他们痛击着地面,因为地面吻了他们的脚;但总是不忘记他们的计划。于是我敲起小鼓来;一听见了这声音,他们便像狂野的小马一样,耸起了他们的耳朵,睁

                大了他们的眼睛，掀起了他们的鼻孔，似乎音乐是可以嗅到的样子。就这样我迷惑了他们的耳朵，使他们像小牛跟从着母牛的叫声一样，跟我走过了一簇簇长着尖齿的野茨，咬人的刺金雀和锐利的荆棘丛，把他们可怜的胫骨刺穿。最后我把他们遗留在离这里不远的那口满是浮渣的污水池中，水没到了下巴，他们却在那里手舞足蹈，把一池臭水搅得比他们的臭脚还臭。

普洛斯彼罗   干得很好，我的鸟儿。你仍旧隐形前去，把我室内那些华丽的衣服拿来，好把这些恶贼们诱上圈套。

爱丽儿   我去，我去。

下

普洛斯彼罗   一个魔鬼，一个天生的魔鬼，教养也改不过他的天性来，在他身上我一切好心的努力都全然白费。他的形状随着年纪而一天丑陋似一天，他的心也一天一天腐烂下去。我要把他们狠狠惩治一顿,直至他们因痛苦而呼号。

爱丽儿携带许多华服等上

普洛斯彼罗 来,把它们挂起在这根绳上。

普洛斯彼罗与爱丽儿隐身留原处。

凯列班、斯丹法诺、特林鸠罗

三人浑身淋湿上

凯列班 请你们脚步放轻些,不要让瞎眼的鼹鼠听见了我们的足声。我们现在已经走近他的洞窟了。

斯丹法诺 怪物,你说你那个不会害人的仙人简直跟我们开了一个不大不小的玩笑。

特林鸠罗 怪物,我满鼻子都是马尿的气味,把我恶心得不得了。

斯丹法诺 我也是这样。你听见吗,怪物?要是我向你一发起恼来,当心点儿——

特林鸠罗 你不过是一个走投无路的怪物罢了。

凯列班 好老爷,不要恼我,耐心些,因为我将要带给您的好处可以抵偿过这场不幸。

	请你们轻轻地讲话,大家要静得好像在深夜里一样。
特林鸠罗	呃,可是我们的酒瓶也落在池里了。
斯丹法诺	这不单是耻辱和不名誉,简直是无限的损失。
特林鸠罗	这比浑身淋湿更使我痛心。可是,怪物,你却说那是你的不会害人的仙人。
斯丹法诺	我一定要去把我的酒瓶捞起来,即使我必须没头没脑钻在水里。
凯列班	我的王爷,请您安静下来。看这里,这便是洞口了;不要响,走进去。把那件大好的恶事干起来,这岛便属您所有了;我,您的凯列班,将要永远舐您的脚。
斯丹法诺	让我握你的手。我开始动了杀人的念头了。
特林鸠罗	啊,斯丹法诺大王!大老爷!尊贵的斯丹法诺!看这儿有多么好的衣服给您穿呀!

凯列班　　让它去，你这蠢货！这些不过是废物罢了。

特林鸠罗　　哈哈，怪物！什么是旧衣庄上的货色，我们是看得出来的。啊，斯丹法诺大王！

斯丹法诺　　放下那件袍子，特林鸠罗！凭着我这手起誓，那件袍子我要。

特林鸠罗　　请大王拿去好了。

凯列班　　愿这傻子浑身起水肿！你老是恋恋不舍这种废料有什么意思呢？别去理这些个，让我们先去行刺。要是他醒了，他会使我们从脚心到头顶遍体鳞伤，把我们弄成不知什么样子的。

斯丹法诺　　别开口，怪物！——绳太太，这不是我的短外套吗？本来吊在你绳上，现在吊在我身上；短外衣呀，我说，你别掉了毛，变个秃头雕才好。

特林鸠罗　　妙极妙极！大王高兴的话，让我们横七竖八一起偷了去！

斯丹法诺　　你这句话说得很妙，赏给你这件衣服吧。只要我做这里的国王，聪明人总不会被亏待的。"横七竖八偷了去"是一句绝妙的俏皮话，再赏你一件衣服。

特林鸠罗　　怪物，来啊，涂一些胶在你的手指上，把其余的都拿去吧。

凯列班　　我什么都不要。我们将要错过了时间，大家要变成蠢鹅或是额角低得难看的猴子了！

斯丹法诺　　怪物，别连手都不动一动。给我把这件衣服拿到我那放着大酒桶的地方去，否则我的国境内不许你立足。去，把这拿去。

特林鸠罗　　还有这一件。

斯丹法诺　　呃，还有这一件。

[幕内猎人的声音] 若干精灵化作猎犬上，将斯丹法诺等三人追逐；普洛斯彼罗和爱丽儿嗾着它们

普洛斯彼罗	嗨！莽丁，嗨！
爱丽儿	雪狒！那边去，雪狒！
普洛斯彼罗	飞雷！飞雷！那边，铁龙！那边！听，听！

凯列班、斯丹法诺、特林鸠罗被驱下

去叫我的妖精们用厉害的痉挛磨他们的骨节；叫他们的肌肉像老年人那样抽搐起来，掐得他们满身都是伤痕，比豹子或山猫身上的斑点还多。

爱丽儿	听！他们在呼号呢。
普洛斯彼罗	让他们被痛痛快快地追一下子。此刻我的一切仇人们都在我的手掌之中了，不久我的工作便可完毕，你就可以呼吸自由的空气，暂时你再跟我来，帮我一些忙吧。

同下

第五幕
ACT V

THE RARER ACTION IS IN
VIRTUE THAN IN VENGEANCE.

道德的行动较之仇恨的行动是可贵得多的。

第 一 场

普洛斯彼罗洞室之前

普洛斯彼罗穿法衣上;爱丽儿
随上

普洛斯彼罗 现在我的计划将告完成,我的魔法毫无差失,我的精灵们俯首听命,一切按部就班顺利地过去。是什么时候了?

爱丽儿 将近六点钟。你曾经说过,主人,在这时候我们的工作应当完毕。

普洛斯彼罗 当我刚兴起这场暴风雨的时候,我曾经这样说过。告诉我,我的精灵,国王和他的从者们怎么样啦？

爱丽儿　　按照着你的吩咐，他们仍旧照样囚禁在一起，同你离开他们的时候一样，在荫蔽着你的洞室的那一列大菩提树底下聚集着这一群囚徒。你要是不把他们释放，他们便一步路也不能移动。国王、他的弟弟和你的弟弟，三个人都疯了。其余的人在为他们悲泣，充满了忧伤和惊骇。尤其是那位你所称为"善良的老大臣贡柴罗"的，他的眼泪一直从他的胡须上淋了下来，就像从茅檐上流下来的冬天的滴水一样。你在他们身上所施的魔术的力量是这么大，要是你现在看见了他们，你的心也一定会软下来。

普洛斯彼罗　　你这样想吗，精灵？

爱丽儿　　如果我是人类，主人，我会觉得不忍的。

普洛斯彼罗　　我的心也将会觉得不忍。你不过是一阵空气罢了，居然也会感觉到他们的痛苦；我是他们的同类，跟他们一样敏锐地感到一切，和他们有着同样的感情，难道我的心反会比你硬吗？虽然他们给我这样大的迫害，使我痛心切齿，但是我宁愿压伏我的愤恨而听从我的更高尚的理性。道德的行动较之仇恨的行动是可贵得多的。要是他们已经悔过，我唯一的目的也就达到终点，不再对他们更有一点怨恨。去把他们释放了吧，爱丽儿。我要给他们解去我的魔法，唤醒他们的知觉，让他们仍旧恢复本来的面目。

爱丽儿 我去领他们来，主人。

下

普洛斯彼罗 你们山河林沼的小妖们；踏沙无痕、追逐着退潮时的海神而等他一转身来便又倏然逃去的精灵们；在月下的草地上留下了环舞的圈迹，使羊群不敢走近的小神仙们；以及在半夜中以制造菌蕈为乐事，一听见肃穆的晚钟便雀跃起来的你们：虽然你们不过是些弱小的精灵，但我借着你们的帮助，才能遮暗了中天的太阳，唤起作乱的狂风，在青天碧海之间激起浩荡的战争——我把火给予震雷，用乔武大神的霹雳劈碎了他自己那株粗干的橡树；我使稳固的海岬震动，连根拔起松树和杉柏：因着我的法力无边的命令，坟墓中的长眠者也被惊醒，打开了墓门出来。但现在我要捐弃这种狂暴的魔术，仅仅再要求一些微妙的天乐，化导他们的心性，使我能得到我所希望的结果；以后我便将折断我的魔杖，把它埋在幽深的地底，把我的书投向深不可测的海心。

[庄严的音乐] 爱丽儿重上；她的后面跟随着神情狂乱的阿隆佐，由贡柴罗随侍；西巴斯

辛与安东尼奥也和阿隆佐一样，由阿德里安及弗兰西斯科随侍；他们都步入普洛斯彼罗在地上所画的圆圈中，被魔法所禁，呆立不动。普洛斯彼罗看见此情此景，开口说道

普洛斯彼罗　　庄严的音乐是对于昏迷的幻觉的无上安慰，愿它医治好你们那在煎炙着的失去作用的脑筋！站在那儿吧，因为你们已经被魔法所制伏了。圣人一样的贡柴罗，可尊敬的人！我的眼睛一看见了你，便油然堕下同情的眼泪来。魔术的力量在很快地消失，如同晨光悄悄掩袭暮夜，把黑暗消解了一样，他们那开始抬头的知觉已经在驱除那蒙蔽住他们清明的理智的迷糊的烟雾了。啊，善良的贡柴罗！不单是我真正的救命恩人，也是你所跟随着的君主的一位忠心耿耿的臣子，我要在名

义上和实际上重重报答你的好处。你，阿隆佐，对待我们父女的手段未免太残酷了！你的兄弟也是一个帮凶。你现在也受到惩罚了，西巴斯辛！你，我的骨肉之亲的兄弟，为着野心，忘却了怜悯和天性；在这里又要和西巴斯辛谋弑你们的君王，为着这缘故他的良心的受罚是十分厉害的；我宽恕了你，虽然你的天性是这样刻薄！他们的知觉的浪潮已经在渐渐激涨起来，不久便要冲上了现在还是一片黄泥的理智的海岸。在他们中间还不曾有一个人看见我，或者会认识我。爱丽儿，给我到我的洞里去把我的帽子和佩剑拿来。

爱丽儿下

我要显出我的本来面目，重新打扮作旧时的米兰公爵的样子。快一些，精灵！你不久就可以自由了。

爱丽儿重上，唱歌，一面帮助
普洛斯彼罗装束

爱丽儿　　［唱］

> 蜂儿吮啜的地方，我也在那儿吮啜；
> 在一朵莲香花的冠中我躺着休息；
> 我安然睡去，当夜枭开始它的鸣咽。
> 骑在蝙蝠背上我快活地飞舞翩翩，
> 快活地快活地追随着逝去的夏天；
> 快活地快活地我要如今
> 向垂在枝头的花底安身。

普洛斯彼罗　啊，这真是我的可爱的爱丽儿！我真舍不得你，但你必须有你的自由。——好了，好了。——你仍旧隐着身子，到国王的船里去。水手们都在舱口下面熟睡着，先去唤醒了船长和水手长之后，把他们引到这里来！快一些。

爱丽儿　　我乘风而去，不等到你的脉搏跳了两跳就回来。

下

贡柴罗　　这儿有着一切的迫害、苦难、惊奇和骇愕，求神圣把我们带出这可怕的国土吧！

普洛斯彼罗　请您看清楚，大王，被害的米兰公爵普洛斯彼罗在这里。为要使您相信对您讲话的是一个活着的邦君，让我拥抱您；对于您和您的同伴们，我是竭诚欢迎！

阿隆佐　　我不知道你真的是不是他，或者不过是一些欺人的鬼魅，如同我不久以前所遇到的。但是你的脉搏跳得和寻常血肉的人一样；而且我一见你之后，那使我发狂的精神上的痛苦已减轻了些。如果这是一件实在发生的事，那定然是一段最稀奇的故事。你的公国我奉还给你，并且恳求你饶恕我的罪恶。——但是普洛斯彼罗怎么还会活着而且在这里呢？

普洛斯彼罗　尊贵的朋友，先让我把您老人家拥抱一

贡柴罗	我不能确定这是真实还是虚无。
普洛斯彼罗	这岛上的一些蜃楼海市曾经欺骗了你,以致使你不敢相信确实的事情。——欢迎啊,我一切的朋友们![向西巴斯辛、安东尼奥旁白]但是你们这一对贵人,要是我不客气的话,可以当场证明你们是叛徒,叫你们的王上翻过脸来。可是现在我不想揭发你们。
西巴斯辛	[旁白]魔鬼在他嘴里说话吗?
普洛斯彼罗	不。讲到你,最邪恶的人,称你是兄弟也会玷污了我的齿舌,但我饶恕了你的最卑劣的罪恶,一切全不计较了;我单单要向你讨还我的公国,我知道那是你不得不把它交还的。
阿隆佐	如果你是普洛斯彼罗,请告诉我们你遇救的详情,怎么你会在这里遇见我们。在三小时以前,我们的船毁没在这海岸的附近;在这里,最使我想起了心

下;您的崇高是不可以限量的。

	中惨痛的,我失去了我的亲爱的儿子腓迪南!
普洛斯彼罗	我听见这消息很悲伤,大王。
阿隆佐	这损失是无可挽回的,忍耐也已经失去了它的效用。
普洛斯彼罗	我觉得您还不曾向忍耐求助。我自己也曾经遭到和您同样的损失,但借着忍耐的慈惠的力量,使我安之若素。
阿隆佐	你也遭到同样的损失!
普洛斯彼罗	对我正是同样重大,而且也是同样新近的事;比之您,我更缺少任何安慰的可能,我所失去的是我的女儿。
阿隆佐	一个女儿吗?天啊!要是他们俩都活着,都在那不勒斯,一个做国王,一个做王后,那将是多么美满!真能这样的话,我宁愿自己长眠在我的孩子现今所在的海底。你的女儿是什么时候失去的?
普洛斯彼罗	就在这次暴风雨中。我看这些贵人们由

于这次的遭遇,太惊愕了,惶惑得不能相信他们眼睛所见的是真实,他们嘴里所说的是真的言语。但是,不论你们心里怎样迷惘,请你们相信我确实便是普洛斯彼罗,从米兰被放逐出来的公爵;因了不可思议的偶然,恰恰在这儿你们沉舟的地方我登上陆岸,做了岛上的主人。关于这事现在不要再多谈了,因为那是要好多天才讲得完的一部历史,不是一顿饭的时间所能叙述得了,而且也不适宜于我们这初次的相聚。欢迎啊,大王!这洞窟便是我的宫廷,在这里我也有寥寥几个侍从,没有一个外地的臣民。请您向里面探望一下。因为您还给了我的公国,我也要把一件同样好的礼物答谢您;至少也要献出一个奇迹来,使它给予您安慰,正像我的公国安慰了我一样。

[洞门开启,腓迪南与米兰达在内对弈]

米兰达　　好人,你在安排着捉弄我。

腓迪南　　不,我的最亲爱的,即使给我整个的世界我也不愿欺弄你。

米兰达　　我说你捉弄我;可是就算你并吞了我二十个王国,我还是认为这是一场公正的游戏。

阿隆佐　　倘使这不过是这岛上的一场幻景,那么我将要两次失去我亲爱的孩子了。

西巴斯辛　不可思议的奇迹!

腓迪南　　海水虽然似乎那样凶暴,然而却是仁慈的;我错怨了它们。[向阿隆佐跪下]

阿隆佐　　让一个快乐的父亲所有的祝福拥抱着你!起来,告诉我你是怎么到这里来的。

米兰达　　神奇啊!这里有多少好看的人!人类是多么美丽!啊,新奇的世界,有这么出色的人物!

普洛斯彼罗　对于你这是新奇的。

阿隆佐　　和你一起玩着的这姑娘是谁?你们的认识

顶多也不过三个钟头罢了。她是不是就是把我们拆散了又使我们重新聚合的女神?

腓迪南 父亲,她是凡人,但借着上天的旨意她是属于我的;我选中她的时候,无法征询父亲的意见,而且那时我也不相信我还有一位父亲。她就是这位著名的米兰公爵的女儿;我常常听见人们说起过他的名字,但从没有看见过他一面。从他的手里我得到了第二次生命,而现在这位小姐使他成为我的第二个父亲。

阿隆佐 那么我也是她的父亲了。但是唉,听起来多么使人奇怪,我必须向我的孩子请求宽恕!

普洛斯彼罗 好了,大王,别再说了。让我们不要把过去的不幸重压在我们的记忆上。

贡柴罗 我的心中感激得说不出话来,否则我早就开口了。天上的神明们,请俯视尘

|||寰，把一顶幸福的冠冕降临在这一对少年的头上；因为把我们带到这里来相聚的，完全是上天的主意！

阿隆佐　让我跟着你说"阿门"，贡柴罗！

贡柴罗　米兰的主人被逐出米兰，而他的后裔将成为那不勒斯的王族吗？啊，这是超乎寻常喜事的喜事，应当用金字把它铭刻在柱上，好让它传至永久。在一次航程中，克拉莉贝尔在突尼斯获得了她的丈夫，她的兄弟腓迪南又在他迷失的岛上找到了一位妻子；普洛斯彼罗在一座荒岛上收回了他的公国，而我们大家呢，在每个人迷失了本性的时候，重新找着了各人自己。

阿隆佐　[向腓迪南、米兰达] 让我握你们的手。谁不希望你们快乐的，让忧伤和悲哀永远占据他的心灵！

贡柴罗　愿如大王所说的，阿门！

爱丽儿重上，船长及水手长

惊愕地随在后面

贡柴罗 看啊,大王!看!又有几个我们的人来啦。我曾经预言过,只要陆地上有绞架,这家伙一定不会淹死。喂,你这谩骂的东西!在船上由得你指天骂日,怎么一上了岸响都不响了呢?难道你没有把你的嘴巴带到岸上来吗?说来,有什么消息?

水手长 最好的消息是我们平安地找到了我们的王上和同伴;其次,在三个钟头以前,我们还以为已经撞碎了的我们那条船,却正和第一次下水的时候那样结实、完好而齐整。

爱丽儿 [向普洛斯彼罗旁白]主人,这些都是我去了以后所做的事。

普洛斯彼罗 [向爱丽儿旁白]我的足智多谋的精灵!

阿隆佐 这些事情都异乎寻常,它们越来越奇怪了。说,你怎么会到这儿来的?

水手长 大王,要是我自己觉得我是清清楚楚地醒着，也许我会勉强告诉您。可是我们都睡得像死去一般，也不知道怎么一下子，都给关闭在舱口底下了。就在不久之前我们听见了各种奇怪的响声——怒号、哀叫、狂呼、当啷的铁链声以及此外许多可怕的声音，把我们闹醒。立刻我们就自由了，个个都好好儿的；我们看见壮丽的王船丝毫无恙，明明白白在我们的眼前；我们的船长一面看着它，一面手舞足蹈。忽然一下子莫名其妙地，我们就像在梦中一样糊里糊涂地离开了其余的兄弟，被带到这里来了。

爱丽儿 [向普洛斯彼罗旁白] 干得好不好？

普洛斯彼罗 [向爱丽儿旁白] 出色极了，我的勤劳的精灵！你就要得到自由了。

阿隆佐 这真叫人像堕入五里雾中一样！这种事情一定有一个超自然的势力在那儿指挥着；愿神明的启迪给我们一些指示吧！

普洛斯彼罗　　大王,不要因为这种怪事而使您心里迷惑不宁;不久我们有了空暇,我便可以简简单单地向您解答这种种奇迹,使您觉得这一切的发生,未尝不是可能的事。现在请高兴起来,把什么事都往好的方面着想吧。[向爱丽儿旁白]过来,精灵;把凯列班和他的伙伴们放出来,解去他们身上的魔法。

爱丽儿下

怎样,大王?你们的一伙中还缺少几个人,一两个为你们所忘却了的人物。

爱丽儿驱凯列班、斯丹法诺、
特林鸠罗上,各人穿着他们所
偷得的衣服

斯丹法诺　　让各人为别人打算,不要顾到自己[15],因为一切都是命运。勇气啊!出色的怪物,勇气啊!

特林鸠罗　　要是装在我头上的眼睛不曾欺骗我,这里的确是很堂皇的样子。

凯列班	塞提柏斯呀！这些才真是出色的精灵！我的主人真是一表非凡！我怕他要责罚我。
西巴斯辛	哈哈！这些是什么东西，安东尼奥大人？可以不可以用钱买的？
安东尼奥	大概可以吧。他们中间的一个完全是一条鱼，而且一定可以卖几个钱。
普洛斯彼罗	各位大人，请看一看这些家伙们身上穿着的东西，就可以知道他们是不是好东西。这个奇丑的恶汉的母亲是一个很有法力的女巫，能够叫月亮都听她的话，能够支配着本来由月亮操纵的潮汐。这三个家伙做贼偷了我的东西，这个魔鬼生下来的杂种又跟那两个东西商量谋害我的生命。那两人你们应当认识，是您的人；这个坏东西我必须承认是属于我的。
凯列班	我免不了要被拧得死去活来。
阿隆佐	这不是我那酗酒的膳夫斯丹法诺吗？

西巴斯辛	他现在仍然醉着。他从哪儿来的酒呢?
阿隆佐	这是特林鸠罗,看他醉得天旋地转。他们从哪儿喝这么多的好酒,把他们的脸染得这样血红呢?你怎么会变成这种样子?
特林鸠罗	我离开了你之后,我的骨髓也都浸酥了;我想这股气味可以熏得连苍蝇也不会在我的身上下卵了吧?
西巴斯辛	喂,喂,斯丹法诺!
斯丹法诺	啊!不要碰我!我不是什么斯丹法诺,我不过是一堆动弹不得的烂肉。
普洛斯彼罗	狗才,你要做这岛上的王,是不是?
斯丹法诺	那么我一定是个倒霉的王爷。
阿隆佐	这样奇怪的东西我从来没有看见过。〔指凯列班〕
普洛斯彼罗	他的行为跟他的形状同样都是天生的下劣。——去,狗才,到我的洞里去;把你的同伴们也带进去。要是你希望我饶恕的话,把里面打扫得干净点儿。

凯列班　　是，是，我就去。从此以后我要聪明一些，学学讨好的法子。我真是一头比六头蠢驴合起来还蠢的蠢货！竟会把这种醉汉当作神明，向这种蠢材叩头膜拜！

普洛斯彼罗　　快滚开！

阿隆佐　　滚吧，把你们那些衣服仍旧归还到原来寻得的地方去。

西巴斯辛　　什么寻得，是偷的呢。

凯列班、斯丹法诺、

特林鸠罗同下

普洛斯彼罗　　大王，我请您的大驾和您的随从们到我的洞窟里来；今夜暂时要屈你们在这儿宿一夜。一部分的时间我将消磨在谈话上，我相信那种谈话会使时间很快溜过；我要告诉您我的生涯中的经历，以及一切我到这岛上来之后所遭遇的事情。明天早晨我要带着你们上船回到那不勒斯去；我希望我们所疼爱的

	孩子们的婚礼就在那儿举行；然后我要回到我的米兰，在那儿等待着瞑目长眠的一天。
阿隆佐	我渴想听您讲述您的经历，那一定会使我们的耳朵着迷。
普洛斯彼罗	我将从头到尾向您细讲，并且答应您一路上将会风平浪静，有吉利的顺风吹送，可以赶上已经去远了的您的船队。[向爱丽儿旁白]爱丽儿，我的小鸟，这事要托你办理；以后你便可以自由地回到空中，从此我们永别了！——请你们过来。

同下

收　场　诗

普洛斯彼罗致辞

现在我已把我的魔法尽行抛弃，
剩余微弱的力量都属于我自己；
横在我面前的分明有两条道路，
不是终身被符箓把我在此幽锢，
便是凭借你们的力量重返故郭。
既然我现今已把我的旧权重握，
饶恕了迫害我的仇人，请再不要
把我永远锢闭在这寂寞的荒岛！
求你们解脱了我灵魂上的系锁，

赖着你们善意殷勤的鼓掌相助；
再烦你们为我吹嘘出一口和风，
好让我们的船只一起鼓满帆篷。
否则我的计划便落空。我再没有
魔法迷人，再没有精灵为我奔走；
我的结局将要变成不幸的绝望，
除非依托着万能的祈祷的力量，
它能把慈悲的神明的中心刺彻，
赦免了可怜的下民的一切过失。
你们有罪过希望别人不再追究，
愿你们也格外宽大，给我以自由！

　　　　　　　　　　　　下

注　释

① 当时英国海盗被判绞刑后，在海边执行，其尸体须经海潮冲打三次后，才许收殓。
② 腓迪南以为父亲已死，故此处"那不勒斯的国王"指他自己。
③ 狄多（Dido），古代迦太基女王，热恋特洛亚英雄埃涅阿斯，后埃涅阿斯乘船逃走，狄多自焚而死。
④ 希腊神话中安菲翁（Amphion）弹琴而筑成忒拜城。
⑤ 吻《圣经》原为基督徒起誓时表示郑重之仪式，此处斯丹法诺用以指饮其瓶中之酒。
⑥ 许门（Hymen），希腊罗马神话中司婚姻之神。
⑦ 伊里斯（Iris），希腊罗马神话中诸神之信使，又为虹之女神。
⑧ 刻瑞斯（Ceres），希腊罗马神话中司农事及大地之女神。
⑨ 狄斯（Dis）即普鲁托（Pluto），幽冥之主，掠刻瑞斯之女普洛塞庇那为妻；后者即春之女神，每年一次被释返地上。维纳斯之子即小爱神丘比特，因俗语云爱情是盲目的，故云"盲目的小儿"。

⑩ 帕福斯(Paphos),维纳斯神庙所在地。

⑪ 马斯(Mars),希腊罗马神话里的战神,与爱神维纳斯有私情。

⑫ 朱诺(Juno),希腊罗马神话中的天后。

⑬ 斯丹法诺正酒醉糊涂,语无伦次;按照他的本意,他该是想说:"让各人为自己打算,不要顾到别人。"